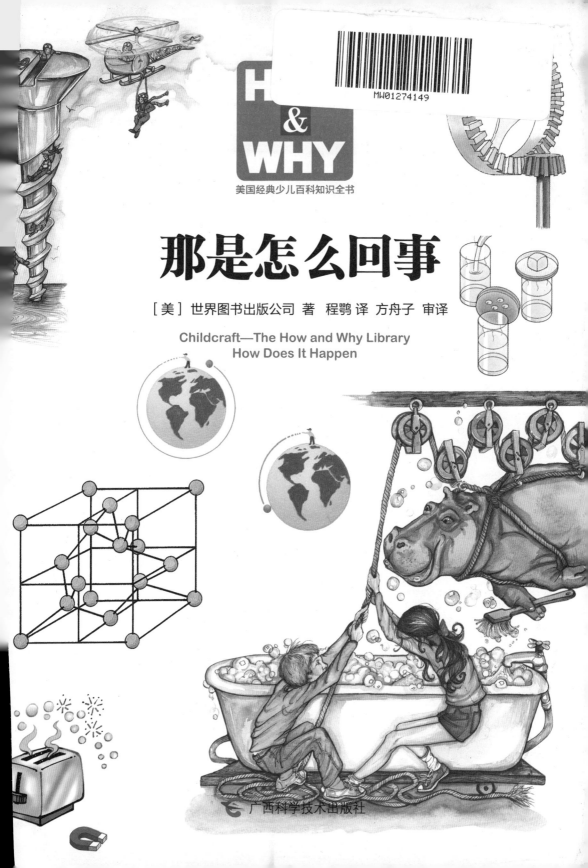

H
&
WHY

美国经典少儿百科知识全书

那是怎么回事

［美］世界图书出版公司 著　程鹗 译　方舟子 审译

Childcraft—The How and Why Library
How Does It Happen

广西科学技术出版社

著作权合同登记号 桂图登字：20-2009-137

HOW DOES IT HAPPEN?(VOLUME 8)

图书在版编目（CIP）数据

那是怎么回事/（美）世界图书出版公司著；程鹢译—南宁：广西科学技术出版社，2010.6
（《HOW & WHY》美国经典少儿百科知识全书）

ISBN 978-7-80763-474-4

Ⅰ.那… Ⅱ.①世… ②程… Ⅲ.能—普及读物 Ⅳ.031-49

中国版本图书馆CIP数据核字（2010）第049623号

NA SHI ZENME HUISHI

那是怎么回事

作　　者：[美]世界图书出版公司		翻　　译：程　鹢	
策　　划：何　醒　张桂宜		责任编辑：赖铭洪	
封面设计：卜翠红		责任审读：张桂宜	
责任校对：曾高兴　田　芳		责任印制：韦文印	

出版人：韦鸿学
出版发行：广西科学技术出版社　　　　　　社　　址：广西南宁市东葛路66号
邮政编码：530022
电　　话：010-85893724（北京）　　　　　传　　真：010-85894367（北京）
　　　　　0771-5845660（南宁）　　　　　　　　　　0771-5878485（南宁）
网　　址：http://www.gxkjs.com　　　　　在线阅读：http://www.gxkjs.com

经　　销：全国各地新华书店
印　　刷：北京尚唐印刷包装有限公司　　　　邮政编码：100162
地　　址：北京市大兴区西红门镇曙光民营企业园南8条1号
开　　本：710mm×980mm　1/16
字　　数：80千字　　　　　　　　　　　　印　　张：11.5
版　　次：2010年6月第1版
印　　次：2011年11月第5次印刷
印　　数：35 001-39 372册
书　　号：ISBN 978-7-80763-474-4/G·143
定　　价：25.00元

目 录

前　言

我们生活在一个变化无穷的繁忙世界里。在这本书中，你会找到一些答案来回答你可能每天都会问上很多次的问题："那是怎么回事？"

人们使用机器来改变生活，为我们做一些工作。比如，一个利用轮子和绳索的简单机器可以用来从深井里提上一桶水。

一个复杂一点的机器，比如计算机，则可以帮助人们做数学题、写作以及其他工作或学校的功课。各种各样的机器帮助我们移动物体、组装或拆散东西等，提高我们的工作效率，让我们在其中获得乐趣。

在这本书里你会学到是什么使得机器工作的。滑轮依赖人的能量或运动来工作。计算机需要来自电的能量来工作。能量还可以从风或阳光，从烧木头或汽油等燃料，或者从小小的原子的运动中获取。

你还会学到热是怎么来的，白光可以怎

样分解成各种颜色，声音是怎么传播的。当你长大后，你可以成为一个科学家，找到一个研究你从这本书里读到的这类事情的工作。

这本书里有很多帮助你学习的栏目。在标有"**全知道**"的框子里，你可以找到很多有趣的事实。你可以向你朋友炫耀你学到的这些东西。

这本书还有很多你可以自己在家里做的活动。找找在彩色球图案上的"**试一试**"，它指示的活动提供了学习更多的"事情如何发生"的办法。比如，你可以制作一架纸做的直升机来试验空气是如何影响运动中的物体的，或者制造自己的磁铁，或者把东西从一种状态转化成另一种状态。

每一个活动在它的彩球上都有一个数字。在绿球上标着1的活动是最简单的。在黄球上标着2的活动可能需要

一点大人的帮助，比如切东西或测量。在红球上标着3的活动则可能需要大人更多的帮助。

如果一个"试一试"的活动在它的整页上有彩色的边界的话，这个活动会比较复杂或需要比较多的材料。在开始做活动之前要花点时间研究一下上面列的需要材料的单子，并且读读每个步骤的说明。

你在读这本书的时候还会看到有些词是用**像这样**的黑体字印刷的。这些词可能对你来说是新词汇。你可以在书后面的词汇表中找到这些词的含义。

"全知道"框子里是有趣的事实。

每个活动有一个数字。数字越大，你可能越需要大人帮忙。

有这种彩色边框的活动比没有边框的活动更复杂一些。

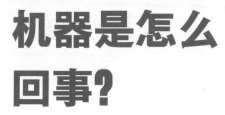

机器是怎么回事?

机器可以有任何形状和大小，但它们都有一个共同的地方：它们帮助人们做事。我们想象机器的时候往往会想到有许多部件的大家伙。这些机器做大事情，比如挖洞、洗衣服或修剪草地。

　　但有些机器很小。你用一种小机器来切东西：剪刀。你用一种小机器来缝衣服：针。你还会用一种小机器来拧紧螺丝：螺丝刀。这些小机器也同样帮你做事情。

聪明的杠杆

你能把你的好朋友举过头几次？你的好朋友能把你举过他的头几次？这听起来很难，但其实很容易。你和你的好朋友玩跷跷板时，就正是在做这件事。

你和你的好朋友玩的跷跷板其实是一种叫做**杠杆**的机器。即使是很重或很难移动的东西，杠杆都能使你移动它们变得容易得多。

最简单的杠杆只是一条长棍子或一块板子和一个可以把它放在上面的东西。假设你需要移动一个很重的东西，比如一块大石头，你可以把一块结实的板子的一头插进石头的底下，然后在板子的下面放上一根木头。这是板子的支撑位置，也叫**支点**。你这边的板子会翘得高高的。如果你把高的一头压下去，另一头就会往上翘，那块重石头就会跟着移动了。

当你玩跷跷板的时候，你和你的朋友就在轮流把它当杠杆使用。跷跷板的中间就是支点。你的重量把它的

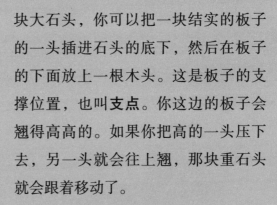

杠杆支撑在一个支点上。你要移动的东西捆在杠杆上。

当你把杠杆的一端压下去时，另一端就会抬起来。这样它能把你要移动的东西举起来。

跷跷板就是杠杆。

古希腊一个叫做阿基米德的科学家是第一个发现杠杆原理的人。为了证明杠杆的威力，他造出一个机器让他自己一个人就撬起一条船。

一端压下去而把你的朋友抬起来。然后你的朋友的重量又把另一端压下去而把你抬起来。

做一个长臂鳄鱼钳子

杠杆可以使得人们轻易地举起大而重的东西。它们也可以帮助你捡起你够不着的东西。这个长臂鳄鱼钳利用成对的杠杆让其他的杠杆移动。

你将需要:

- 瓦楞纸板
- 一把尺子
- 一支铅笔
- 剪刀
- 七个纸钉
- 绿色和白色的薄纸板
- 胶水

怎么做:

1. 用尺子和铅笔在瓦楞纸板上描出六个长条。每个长条大概18厘米长，2厘米宽。在其中两个长条上分别附加一排"牙齿"，就像图式的样子。

2. 剪下这些长条。用铅笔在每个长条的中间打一个洞。

3. 把没有牙齿的长条分作两对分别用纸钉固定成两个X形状。

4. 照着13页的图形在绿色薄纸板上切出鳄鱼的上下颚，然后在白色薄纸板上切出牙齿形状，在切下的白纸板上画两行牙齿。

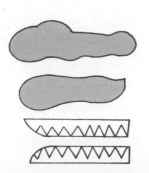

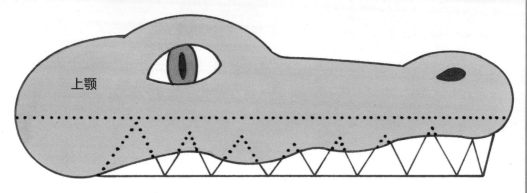

5. 把上下牙沿着图示的虚线分别用胶水贴到
上下颚上，画出眼睛和鼻子。

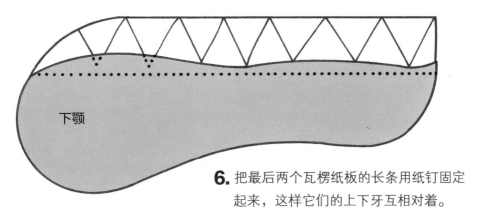

6. 把最后两个瓦楞纸板的长条用纸钉固定
起来，这样它们的上下牙互相对着。

7. 把鳄鱼的下颚用胶水贴在作为下方的瓦楞纸板长条上。把上颚同样
地贴在相应的纸板长条上。

8. 把那些X形状的纸板像12页上方图示的样子连接起来，在需要连接
的地方打上洞，然后用纸钉固定起来。

　　你的长臂鳄鱼钳用起来就像剪刀一样。当你把拿在手里那头的两
个长条合拢时，另一头有牙齿的鳄鱼嘴也会跟着合拢。你和你的朋友
可以轮流用这个长臂钳子去捡起用纸板做的小鱼或"海盗宝藏"。看
看谁能捡起最有价值的东西！

斜面和楼梯

一个没有支点的斜板是一个机器吗？如果你用它来做事的话就是。这是一种我们叫做**斜面**的简单机器。斜就是倾斜着的意思，而面表示这是一个平滑的表面。所以，斜面就是一个倾斜着的平面，就像公园里的滑梯或者公路入口的斜坡。

斜面使得人们比较容易地把东西搬上搬下。当你用一个斜面的时候，你把所需要做的工作分散来做。如果你把一个重箱子抬到桌子上，你其实是把它移动一个很短的距离：直着向上。但这是一下子完成的。如果你把那箱子沿着一个斜面推上去，你可以一点一点地推，这样做起来就容易些了。

还有其他利用斜面

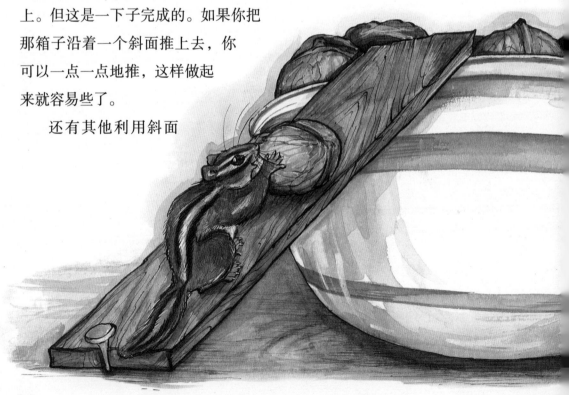

斜面

斜面使得把一个重物推上去比直接抬上去容易些。斜面越长，需要用的力就越小。

的办法。当你在一个斜坡上骑自行车或推轮椅上上下下时，就是在用斜面。

你用得最多的斜面其实并不一定看起来像一个斜面。楼梯就是一种有台阶的斜面。台阶的作用是使得斜面距离短一些。想象一下如果把所有的台阶都弄平的话那楼梯会有多长！

可以切割的形状

小心了！那把刀很锋利！别让那个针扎了！使用尖锐的东西需要特别小心。但有些东西必须尖锐才好用。一把钝刀或一枚没有尖头的别针是没有什么用处的。

尖锐的东西是利用一个特别的形状来帮助我们工作的。它们实际上都是一种机器：一种叫做楔子的机器。楔子那很薄、很尖的一面可以容易地切或挤进其他东西。然后后面比较厚的部分也就可以跟着挤进去。刀子、锯子和剪刀都是用来切割的楔子。别针、钉子和针则是用来挤进或穿过东西的楔子。尖锐的前端使得别针能够容易地插进纸板、钉子进入木板、缝衣针穿过衣服。

斧头和金属楔子是用来把锐利的那

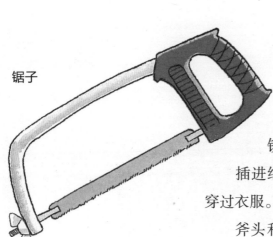

刀子

锯子

头挤进木头里的，然后宽的那头就可以分开木头而使之碎裂。

　　很多船只也有一个楔子形状的艏，也就是船头。艏可以切入水中让船容易航行。

船有着一个楔子形状的艏，可以滑溜地切开水面。

当受到锤子敲击时，楔子可以使木头裂开。

17

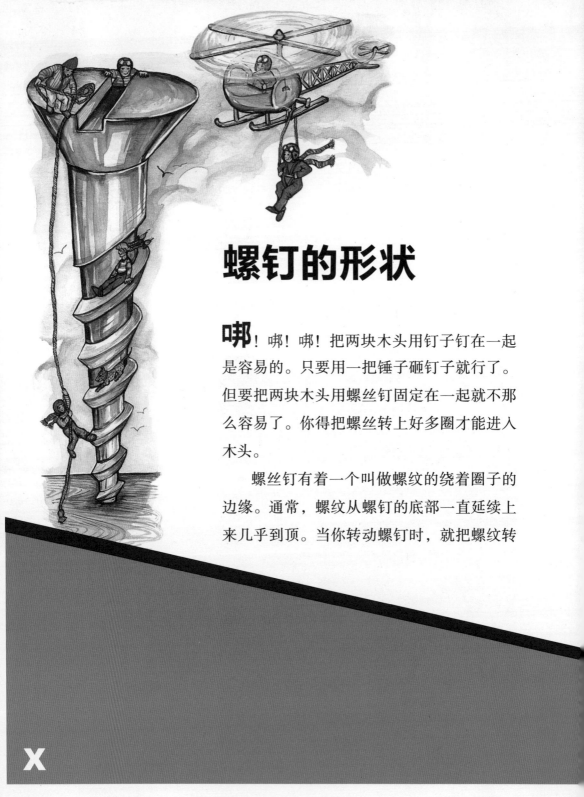

螺钉的形状

哪！哪！哪！把两块木头用钉子钉在一起是容易的。只要用一把锤子砸钉子就行了。但要把两块木头用螺丝钉固定在一起就不那么容易了。你得把螺丝转上好多圈才能进入木头。

螺丝钉有着一个叫做螺纹的绕着圈子的边缘。通常，螺纹从螺钉的底部一直延续上来几乎到顶。当你转动螺钉时，就把螺纹转

X

进了木头里。

旋一个螺钉比钉一个同样大小的钉子所花的时间要多。但那绕圈子的螺纹比钉子的直边要长得多，因此有更多的地方抓住木头不松动。所以，对有些用场来说，螺钉比钉子好用。它比钉子更加能够把东西固定在一起。

杠杆

螺钉

螺钉是一个绕着弯的斜面。千斤顶同时使用杠杆和螺钉。它可以举起很重的东西。

螺钉其实就是一个绕着许多圈子的斜面。你可以用纸做一个螺钉自己看看。照着图在一张薄纸卡片上裁下一个三角形的角片。在直角处做一个X记号。

那个裁开处的长边就是一个斜面。用蜡笔或彩色笔把这条边涂上颜色。把一支铅笔放在直线那头，让那个X记号正好就在铅笔头上橡皮的地方，然后把三角形卷到铅笔上。这时候你可以看到彩色的边是怎样从一个斜面变成一个螺纹的。

试一试
2

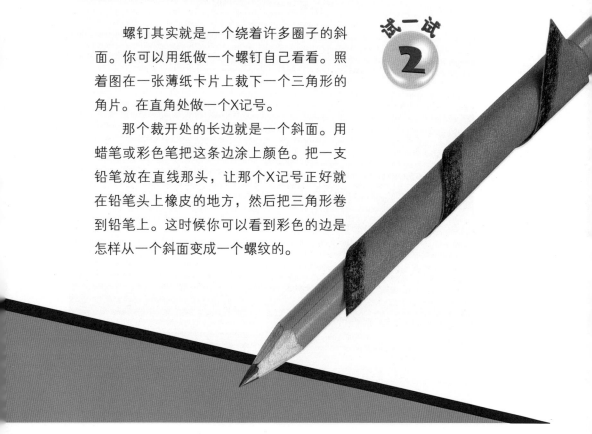

轮子和轴

四个轮子，两根轴，一个盒子，再加上一个把手，这就是一辆小推车的全部了。有了推车，你可以容易地推载一两个朋友或者让你的狗搭个车。当你推车的时候，轮子和**轴**在帮助你。你可以看到轮子。它们是在地上滚的圆圆的部分。轴是那个把一对轮子连在一起的棍子。轮子和轴一起转动。

安装有轮子和轴的东西移动起来容易得多。没有轮子的推车就很难拉动。它只会在地面上磨着。然而装在轴

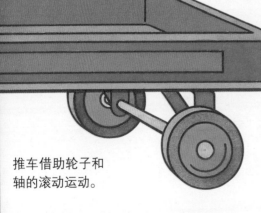

推车借助轮子和轴的滚动运动。

上的轮子就能很平滑地滚动。轿车、卡车和公共汽车都有轮子和轴。

你每天也在用另外一种轮子：不滚动的轮子。门把手就是一种由轮子和轴组成的机器。把手本身就是轮子！你转动它会使轴拉开门闩，这样就可以开门了。

削铅笔器也有一个轮子和轴。它的把手是轮子的一部分。你转动把手时，它把轴转起来，这样其他部分就开始工作了。

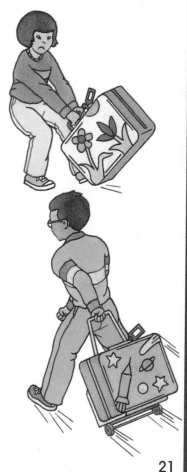

上上下下

想象一下有人要你提起一匹河马！听起来似乎不可能，但用一个叫做**滑轮**的简单机器，你就能做到。

滑轮是一种特别的轮子和轴。它有一条绳子或钢缆搭在轮子的边缘。当绳子的一头被拉下去时，绳子在轮子上滑动而使得轴转动。这样，连着另一端的东西也就会被拉上去了。

只用一只滑轮时，东西拉上去的距离和你把绳子拉下来的距离一样。你要花与提起那东西一样的力气来拉绳子，但往下拉绳子比往上提东西容易使劲一些。

用两只滑轮，你可以让这个过程容易一些。第二个滑轮连接在你需要提起的东西上面。这样在两个滑轮之间的绳子每部分都只承担一半的重量，而你只需要使一半的力就可以移动那个东西。但因为那东西是用双倍的绳子拉起来的，你需要拉双倍长的绳子才能让那东西移动同样的距离。

使用越多的滑轮就越容易举起重物。但你也需要拉越来越长的绳子。用上一大堆滑

滑轮

当绳子被拉动时，绳子在滑轮的轮子上滑动，从而把重物提起。

轮，你也许就能提起
一只河马，但你也得
拉一大堆绳子！

你那个提起河马的机器有两
种滑轮：动滑轮和定滑轮。定滑
轮是固定在房梁上的。在提重过
程中它们不动。动滑轮则是连接
在河马身上的。

全知道

23

带牙齿的轮子

为什么轮子要有牙齿？轮子并不吃东西。但有些轮子需要牙齿来做事，它们做其他轮子做不了的事。

带牙齿的轮子叫做**齿轮**。这是一种让其他轮子转动的轮子。如果你观察一下打蛋器，你可以看到三个齿轮。连在把手上的那个大的是你转动的齿轮。这个齿轮上面的牙齿卡在另外两个小一些的齿轮的牙齿之间的空当。你转动把手的时候，大齿轮的牙齿推动小齿轮上的牙齿而转动那两个小齿轮。大齿轮转一圈可以让小齿轮转上好几圈。这样，打鸡蛋的刀片能转得很快。

一挡、二挡、三挡、四挡：这些是汽车里用的不同大小的齿轮。汽车引擎转动连着曲轴上的齿轮，它们再依次转动车轴和轮

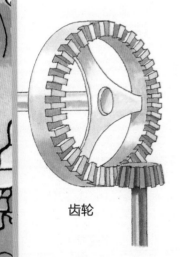

齿轮

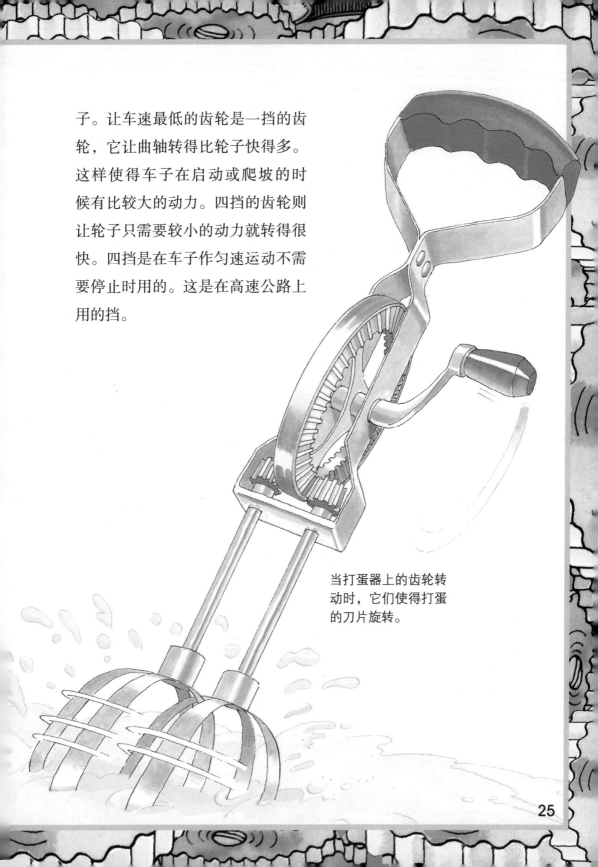

子。让车速最低的齿轮是一挡的齿轮，它让曲轴转得比轮子快得多。这样使得车子在启动或爬坡的时候有比较大的动力。四挡的齿轮则让轮子只需要较小的动力就转得很快。四挡是在车子作匀速运动不需要停止时用的。这是在高速公路上用的挡。

当打蛋器上的齿轮转动时，它们使得打蛋的刀片旋转。

精彩的机器表演

这张图里的人们都在使用不同的机器。你能找出下面每个谜语所描述的机器吗？（答案见27页底部）

1. 轮子和轴让我前进，我用一个斜面铲清雪地。

2. 我很聪明，我用一个杠杆挖地。我的牙齿是尖尖的斜面。

3. 带着螺钉和把手，我很强壮。我可以做给你看。如果你需要，我可以托起一匹马。

4. 活动的斜面带着锐利的边，可以帮你修剪树丛。

5. 不愿意爬高？让我帮你。你看看，我就是一个带台阶的斜面。

6. 在你荡秋千、爬上爬下和疯跑的地方就能找到我，我是一个让你快乐的斜面。

7. 滑轮把我拉起来好透过阳光，到晚上时又把我放下来。

8. 你骑着的是什么？那是街上的轮子，还有让你脚蹬着的带杠杆的小轮盘。

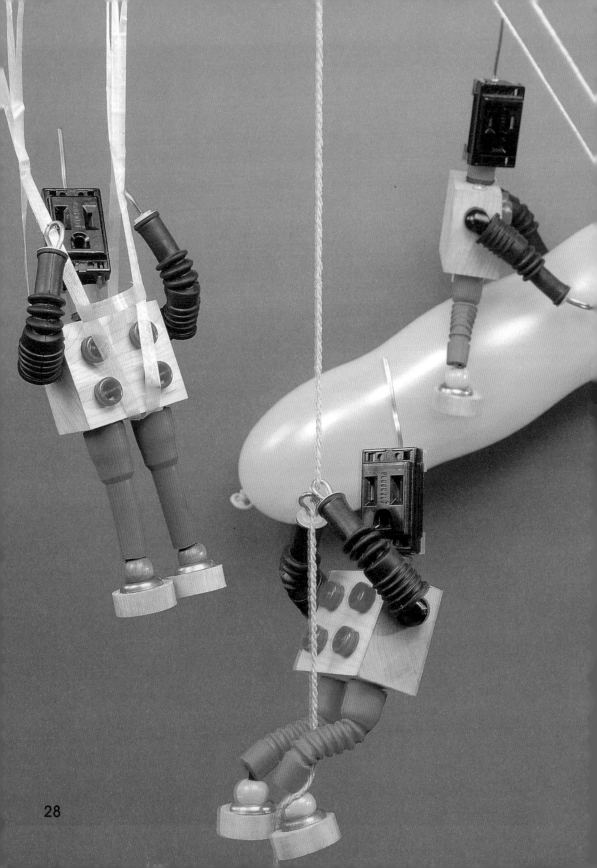

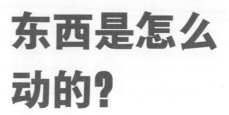

东西是怎么动的？

前前后后，上上下下，是什么让秋千在空中飞舞？

大部分时间是你自己在用力。你用自己的腿和身体"荡"秋千。有时候你的朋友推你。还有时候风也会把空秋千吹动起来。无论如何，总有东西在推它。秋千自己不会动。

无论什么时候一个东西动起来，总会有什么东西让它动。这个或者推或者拉它的东西叫做力。你准备好了看看力是怎样让东西动起来的吗？好！让我们开始吧！

看不见的推动

绿灯亮了，车子马上就动了起来。这时你会觉得好像有一只看不见的大手把你向椅背上推。汽车急刹车的时候，那只"手"又会把你往前推。

这个在汽车开动和刹车时推你的东西是什么呢？它叫**惯性**。

惯性是物体抵制运动形式改变的性质的名称。当一个东西静止时，它就一直停着。它只有在受力（或者被推，或者被拉）的时候才会开始运动。而当一个东西在运动时它会一直动，只有受力才能使它停止运动。

用一个旋转的鸡蛋来观察惯性。拿一个新鲜鸡蛋让它暖和到室温。把鸡蛋放在一个碗里。用手指轻轻地拨动鸡蛋让它慢慢地旋转。然后用手指轻轻地点一下鸡蛋的顶端让它停下来，但马上又把手指收回来。看看会怎样？

鸡蛋又开始旋转了。为什么？当你让鸡蛋开始旋转时，鸡蛋壳里的液体也都在旋转。但你让鸡蛋停下时，惯性使得里面的液体还在继续旋转。当你松手的时候，旋转的液体就让鸡蛋又转了起来。

当汽车开始运动时，你的身子还在试图保持静止，所以你在车子往前跑时觉得自己被压在椅背上。车子停止时，你的身子却仍在保持运动，惯性就把你往前"推"。你的安全带就是用来把你拉回来的。

一个停止的力

路上有根大树枝，骑慢点！这样你可以安全地绕过那根树枝。

你的自行车有车闸帮助你刹车。当你在车把上捏紧车闸把手时，车轮边的闸皮就会蹭着轮子而阻止其转动。这种让车停下来的蹭叫做**摩擦**。

摩擦的产生是因为所有东西都有一个粗糙的表面。即使是光滑耀眼的表面也有很多微小的不平滑的地方。当一个东西擦过另一个东西时，粗糙的地方互相蹭着，这样的摩擦使得东西移动得越来越慢，直到它们最后停下来。

摩擦对于让你刹住自行车是有益的。但有时候我们需要让东西能一直平滑地运动。这时候我们就需要减少摩擦。我们可以用滑腻的东西比如油脂或机油来做到这点。你的自行车链条上用的机油可以让你骑得更轻便就是一个例子。

安装在自行车把手上的车闸

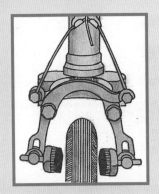

车闸松开时

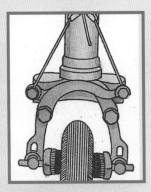

车闸捏紧时

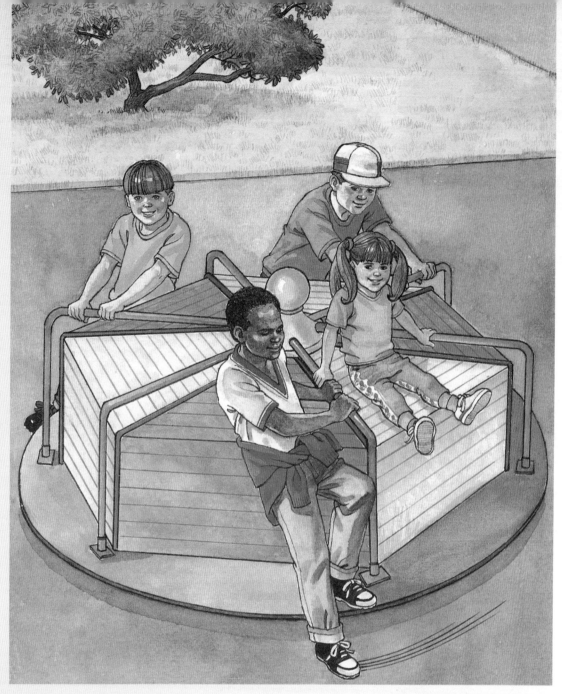

小朋友让脚在地面上拖动时产生的摩擦可以让转轮停下来。

33

试一试 2

空气里的摩擦

甚至空气都会产生摩擦。空气与运动中的物体产生摩擦而减慢它们的运动。你可以做一个利用空气摩擦来减缓降落速度并且能旋转的直升机。

你将需要：

- 一张信纸大小的纸
- 一把尺子
- 一支铅笔
- 一把剪刀

怎么做：

1. 把纸的短边正对自己，然后把纸沿着长边对折。

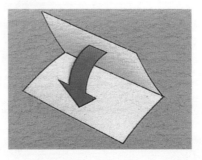

2. 把纸重新打开。把底部的两角折进去到中间折痕的地方。这样底部有两个折出的三角形。

34

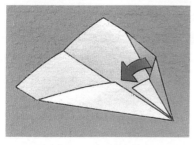

3. 把两个三角形的外沿再折向中间的折痕。这就是你的直升机了。

4. 把直升机尖头向下提着再放手。它下降得快还是慢？现在你可以让它下降得慢一些。

5. 在中间折痕上距离对折的角相遇的地方2.5厘米处做个记号。

6. 沿着中间折痕从飞机的顶端直到记号处剪开。把剪开的两个纸片一个向前折，一个向后折。这样就有了两个后翼片。

7. 再让这个直升机掉下去。这时候它会降落得慢得多，还会旋转。空气蹭着那两个后翼片产生的摩擦是造成这个变化的原因。

永远不停的
机器

摩斯波博士的自动化圆点花纹印刷机可以在任何东西上印圆点花纹：衬衫、袜子、煎饼甚至脆饼！

最精彩的是，这是一个**永动机**。永动就是永远不停的运动。

圆点花纹印刷机的每一个部分都产生力来使得另一部分运动。当一个部件被推动或拉动时，它同时会推或拉另一个部件。所以啊，摩斯波博士骄傲地宣称，这个机器永远也不会停顿！博士对吗？

不对。虽然推或拉可以让这个机器工作一段时间，但其他因素会让它越来越慢。摩擦就是其中一种因素。轮子和传送带之间的磨蹭、刷子在印刷时的磨蹭以及画刷在印刷**杠杆**上的碰撞都

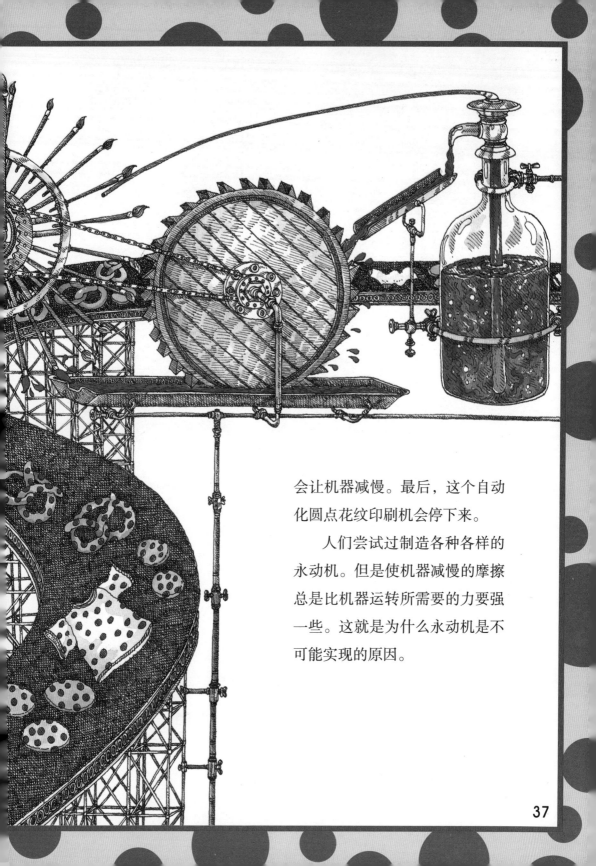

会让机器减慢。最后，这个自动化圆点花纹印刷机会停下来。

人们尝试过制造各种各样的永动机。但是使机器减慢的摩擦总是比机器运转所需要的力要强一些。这就是为什么永动机是不可能实现的原因。

一个既推又拉的力

磁铁可以做许多奇妙的事情。这是它们十分有趣的原因。它们可以自己粘在一起。它们可以让钉子或别针互相粘连。它们甚至可以隔着玻璃互相带着对方移动：在玻璃上方的磁铁会跟着你在玻璃下方滑移着的另一块磁铁移动。

磁铁靠的是一种特别的力。这种吸引力在

马蹄形磁铁

它两个叫做磁极的地方最强：这两个磁极一个是北极一个是南极。

磁铁的两个磁极都会吸引像锅或钉这些钢铁做的东西。磁极还会吸引另一个磁铁上的磁极。一块磁铁上的北极和另一块磁铁上的南极会互相吸引，然后它们会像最好的朋友那样粘在一起。

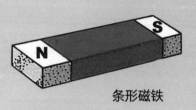

条形磁铁

但是磁铁只会在它们的磁极相反时才会粘在一起。如果你把两个北极或两个南极放在一起，它们就会试图把对方推得远远的！

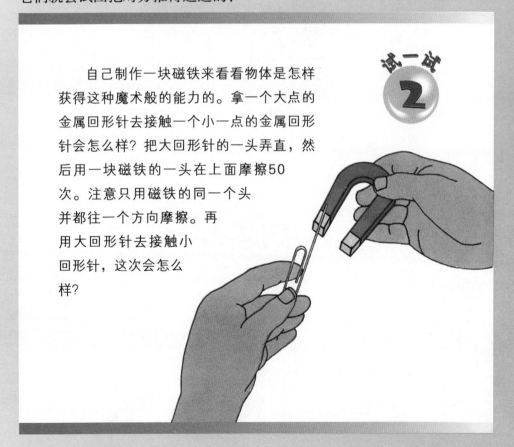

试一试 2

自己制作一块磁铁来看看物体是怎样获得这种魔术般的能力的。拿一个大点的金属回形针去接触一个小一点的金属回形针会怎么样？把大回形针的一头弄直，然后用一块磁铁的一头在上面摩擦50次。注意只用磁铁的同一个头并都往一个方向摩擦。再用大回形针去接触小回形针，这次会怎么样？

推力相抵

如果两个招待用同样的力推门，门处在平衡态。

想象一个饭馆的厨房用的那种往两边开的门。两个招待同时从门的两边来试图推开门。一个端着一大碗面条，另一个拿着一大堆盘子。如果他们都用同样大小的力来推门，门不会动。但如果端面条的那位推得不像另一位那么使劲的话，门就会被推开撞上他。面条会飞向各个方向！

如果一个招待推得比另一个力大，平衡态就消失了，面条也跟着没了。

当同样大小的力从相反方向推一个物体时，这个物体处于**平衡态**。一个处于平衡态的物体是平衡的。除非从某个方向有一个额外的推动力，要不然这个处于平衡态的物体既不会移动也不会倒下。

一个叫做**重力**的力把所有的东西都向下拉，也就是朝着地球的中心拉。每个物体都有自己的重心，那是它可以平衡的点。如果你支撑在物体的重心处，那个物体就是在平衡态。

试一试

2

让大人帮你小心地把一个叉子插进一个小土豆，让叉子仰面躺着。然后找一支比叉子长一些的铅笔，把铅笔从土豆的另一面插进去，直到有大约2.5厘米的笔尖露在土豆外面。试

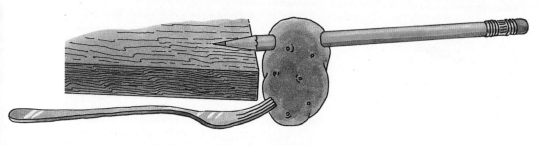

着让笔尖在桌子边上平衡下来，这时候叉子是在桌子下面。可以保持平衡是因为它的重心其实是在笔尖那里！

什么在托着它们？

飞机上的翅膀是怎么帮助飞机呆在空气中的？飞机翅膀有一个很特别的形状。它们的上表面是弯曲的，而下表面是直的。这个形状使得它们能够把飞机抬升起来。

当飞机开始启动时，翅膀切过空气。空气分别从弯曲的上边和笔直的下边绕过翅膀。从上边流过的空气会把翅膀往下压一些，而从下边流过的空气会把翅膀往上抬一些。

因为弯曲的上表面的长度比笔直的下表面要长，从上面走的空气就要比从下面走的空

飞机是怎样起飞的

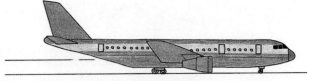

飞机加速。

42

不同形状的翅膀使飞机以不同的形式飞行。需要低速和高速飞行的飞机的翅膀是垂直于机身的。另外也有往后斜着的翅膀，这样的翅膀能让飞机在超高速飞行时有较好的性能。

气多走一点距离。这样上面的空气就得走得快一些。空气走得越快，就压得越少。这样，上面空气把翅膀往下压的力就小了，下面把翅膀往上抬的力就可以慢慢地把飞机抬起来了。这样飞机就可以从地面起飞了。只要飞机一直在向前进，翅膀就能一直托着飞机飞行。

空气开始在翅膀下往上抬。 飞机起飞了。

卫星的飞行

在遥远的太空，卫星绕着地球转。是什么不让它飞出去进入外太空呢？

是两个不同的力在保持卫星绕着地球转。一个来自卫星的高速：每小时成千上万千米的速度。如果没有这个速度造成的力，卫星就会被重力拉回地球了。

另一个力就是来自地球的重力，它一直作用到太空中。如果没有重力的拉动，卫星就会沿着一条直线飞行而逃离地球。

重力把卫星往地球这边拉，但卫星的速度又把它往外推。当拉和推相等时，卫星既

不能飞跑，又不能落回地球。这样，
它就绕着地球高速地绕圈。

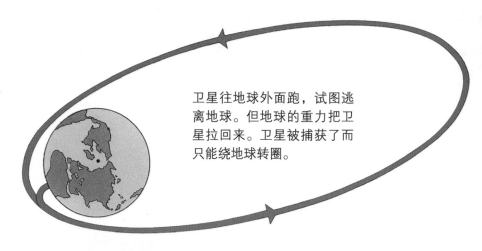

卫星往地球外面跑，试图逃
离地球。但地球的重力把卫
星拉回来。卫星被捕获了而
只能绕地球转圈。

这种环绕地球的卫星把电视或电话信号从一个
地方送到另一个地方。

在太空中往下掉

想象一下在空气中飘浮或者站在天花板上的感觉。由于失重的原因，在轨道上绕着地球转的太空船里的宇航员就可以做到这些。

其实，在轨道上绕着地球转就和在太空中往下掉一样。如果你在一座非常高的山上扔一块石头，它会沿着一条弯曲的路径掉回地面。你扔得越使劲，它会落得越远。地球表面是弯曲的，如果你能

把石头扔得非常狠，以至于它的弯曲路径竟然会与地面的弯曲一模一样，那会怎样？那块石头就不会落回地面：它就进入了轨道。换句话说，它成了一个地球卫星。

航天器绕着地球"往下掉"是同一个道理。因为它一直都在往下掉，里面的所有东西都觉得好像没有重量一样。

这些宇航员在太空处于失重状态。你可以从女宇航员的头发和男宇航员的眼镜在飘浮的情形看出失重的样子。宇航员们如果不抓住东西，他们自己也在飘浮。

那又会怎么样呢？宇航员如果不抓住什么东西，他们就会一直飘浮着！他们手里的东西如果松手后也会飘浮着。如果他们跳起来，他们不会落下来，他们的头会一直撞上天花板。

你可以感觉到重力。当你跳在空中的时候，重力把你拉回地面。

物质是
怎么回事？

所有的东西都是由物质组成的。物质是有重量和占地方的任何东西，所以一块石头、一棵草、一只兔子和一汪水都是物质。你自己也是物质。在你的周围所有东西都是物质组成的。

甚至空气也是物质。因为大部分东西都比空气重，所以你不觉得空气有多重。但空气是有重量的，并且占据地方。你呼吸的时候就能感觉到空气占地方。你在吹起一个气球时也能看到空气占地方。

零零碎碎

沙滩上的城堡是什么？那是几百万几百万的小沙粒。那些众多的沙粒挤压在一起形成了一个独特的形状，比如带塔的城堡、围墙和桥梁。

在这块有时被叫做愚人金的黄铁矿石里，你可以看到晶体特有的光滑、平整的表面。

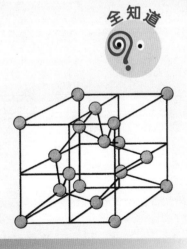

你可以通过观察晶体来看到原子是怎样排列的。晶体是由某种原子结合在一起形成的。当这些原子结合起来时，它们形成整齐的形状。所以晶体有着光滑平整的表面和尖锐的边缘。这样的表面叫做晶面。

全知道

一个沙粒是由许多微小的原子组成的。

你又是由什么组成的呢？是由几百万几百万个比沙粒还要小得多的微粒组成的。你和你周围的所有东西，人和动物、车子、石头、水，甚至空气，都是由这些微粒通过不同方式组成的。

这些微粒叫做**原子**。原子比一颗沙粒要小很多。的确，它们如此之小，你没法看到它们。然而假如你能看到它们的话，你会发现这些微小的原子也是由更小的小粒子组成的。

即使原子小到你没法看见，它们也是有重量并占据空间体积的。它们是微小的物质。所有东西，包括你自己，都是由微小的原子组成的。

51

物质的种类

物质的种类有多少？太多了，如果你现在开始数，你可能永远也数不完。

但是你如果能给所有物质中的原子分分类，你会发现那只有大约100种。这100种原子大小不同。

有些物质是由同一种原子组成的。这样的物质叫做**元素**。

铜＋硫？

铜

硫

金

铁

金是一种元素。一块纯金完全由金原子组成。铁也是一种元素，完全由铁原子构成。

但大多数物质是由两种或两种以上的原子组合成的。这样的物质叫做**化合物**。

水是由两种元素组成的化合物，一种叫氧，另一种叫氢。氧和氢各自都是看不见的**气体**。你看不见它们。但当它们结合在一起时，它们制造出你既可以看见也能够摸到的液体——水。

铜 + 硫 = 硫化铜

在自然界里，铜元素和硫元素经常结合在一起出现。它们组成一种叫做硫化铜的化合物。

53

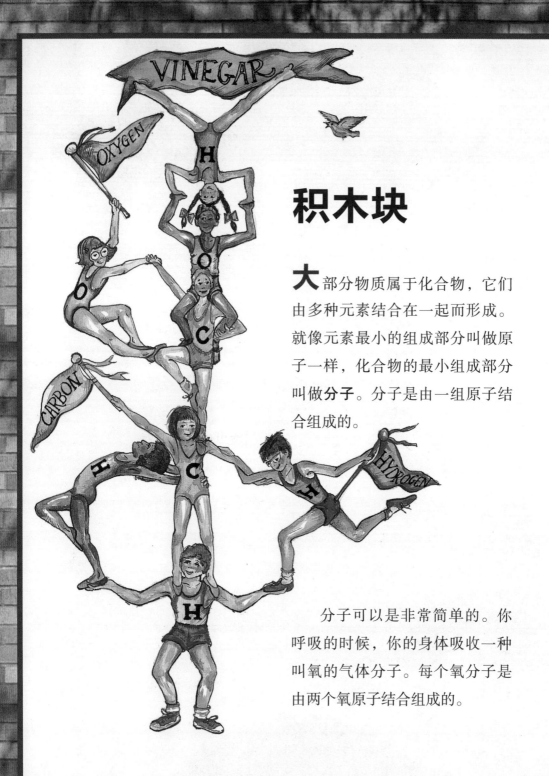

积木块

大部分物质属于化合物，它们由多种元素结合在一起而形成。就像元素最小的组成部分叫做原子一样，化合物的最小组成部分叫做**分子**。分子是由一组原子结合组成的。

分子可以是非常简单的。你呼吸的时候，你的身体吸收一种叫氧的气体分子。每个氧分子是由两个氧原子结合组成的。

但有些分子由许多不同种的原子组成。醋的酸味来自一种含有两个碳原子、四个氢原子和两个氧原子的分子。而有些分子有着成千上万个原子。面包和土豆含有链状的大分子，那是成千上万的分子组成的链。

试一试
2

看看分子如何结合。在一只小碗里放上15汤匙白醋。加进一小匙精盐并搅拌至盐溶化。再把几个陈旧的铜币放进去。等十几分钟。发生了什么？铜币表面的陈旧是因为铜和空气中的一种分子结合而产生的一层膜。碗里的盐和醋分子又同这种气体分子结合而把它从铜里清除出来了！

石头
里面的
信号

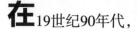

在19世纪90年代，
一个生于波兰、名字叫做
玛丽·斯克沃多夫斯卡·居里（译者注：居
里夫人）的年轻科学家穿过巴黎的街道匆匆
回家。但是她的思绪还留在她那间没有供暖
并漏风的工作室里。她想不明白一个她已经
重复了好多遍的实验。每次的结果都一模一
样，可她却没法解释为什么！

在这个实验里，玛丽使用了一种可以释
放神秘射线的叫做沥青铀矿的石头。这些射
线就像一种信号，但这个信号却完全不可思
议。

玛丽相信这些石头里的信号可能来自一
种没人知道的元素。于是她就试图找到这种
元素。她把沥青铀矿在大锅里煮，然后加进
化学物质去分解不同的化合物。然后她检测
每一部分，看看它是否还释放射线。她的这

一工作需要花很长的时间，而好多次实验都失败了。

1898年，玛丽终于发现了释放射线的元素。她把它命名为镭。镭释放的能量如此之多，以至它在黑暗中竟然有荧光！玛丽花了四年的时间用了几千千克的沥青铀矿才获得一小撮纯镭。

玛丽的工作非常艰苦，但也有收获。1903年，她获得了科学界最重要的奖项诺贝尔奖，她还为世界贡献了一种新元素。

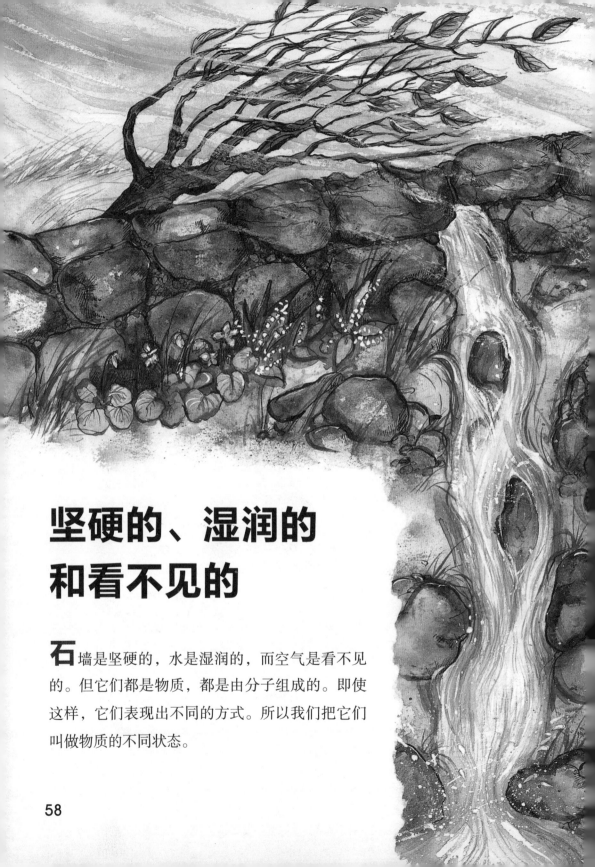

坚硬的、湿润的
和看不见的

石墙是坚硬的，水是湿润的，而空气是看不见的。但它们都是物质，都是由分子组成的。即使这样，它们表现出不同的方式。所以我们把它们叫做物质的不同状态。

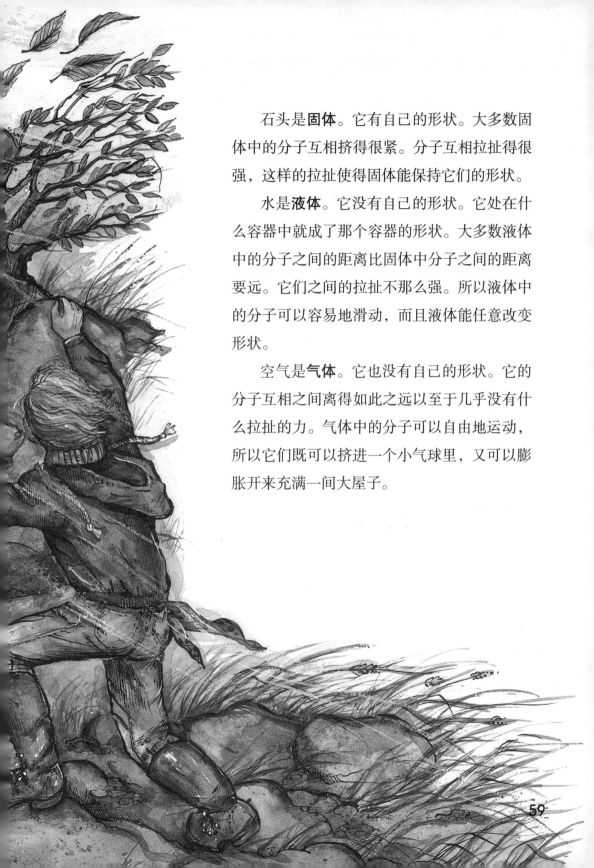

石头是**固体**。它有自己的形状。大多数固体中的分子互相挤得很紧。分子互相拉扯得很强，这样的拉扯使得固体能保持它们的形状。

水是**液体**。它没有自己的形状。它处在什么容器中就成了那个容器的形状。大多数液体中的分子之间的距离比固体中分子之间的距离要远。它们之间的拉扯不那么强。所以液体中的分子可以容易地滑动，而且液体能任意改变形状。

空气是**气体**。它也没有自己的形状。它的分子互相之间离得如此之远以至于几乎没有什么拉扯的力。气体中的分子可以自由地运动，所以它们既可以挤进一个小气球里，又可以膨胀开来充满一间大屋子。

吃饭时的物质

就像其他所有东西一样，我们喜欢吃的食物和饮料也是由物质组成的。像所有物质一样，它们可以是固体、液体或气体。当我们改变它们的温度时，许多食物会从一种状态变成另一种状态。看看你能不能把下表中列出的食物和饮料与第61~63页上的线索对应起来。

（答案在63页的底部）

食物

a. 涂着黄油的面包

b. 可乐

c. 嫩的煮鸡蛋

d. 意大利干面条

e. 汤

f. 冰淇淋

g. 炸鱼片

h. 冷冻的橘子汁

i. 沙拉

早餐

1. 我开始是冰冷的固体。一把我搅拌进清澈的液体后，就可以喝我了。

2. 我开始是软而平的固体。你给我加热后，我会变脆。如果在我上面涂上一种黄色的容易融化的固体，我会更好吃些。

3. 我开始是一种固体，里面有软软的黏黏的液体。如果你把我煮三分钟，我的一部分会变成固体。你可以在把我敲开来吃之前在我上面画个鬼脸。

食物

a. 涂着黄油的面包

b. 可乐

c. 嫩的煮鸡蛋

d. 意大利干面条

e. 汤

f. 冰淇淋

g. 炸鱼片

h. 冷冻的橘子汁

i. 沙拉

午餐

4. 我是一种充满了气体泡泡的冰冷的液体。

5. 我是一种混合了固体小块的液体。你可以用勺子吃我或者直接从碗里喝我。

6. 我是浸没在浓液体中块状的固体。然后我会被在热液体中炸得脆而金黄。

晚餐

7. 我开始是细细的坚硬的条条。你把我放在液体里煮的话，我会变软。在我上面浇上红色的热液体后我会很好吃。

8. 我是好多种脆脆的生的固体。你可以把我混在一只碗里，然后加上一点油状或奶油状的液体。

9. 我是一种甜甜的、冻住了的固体，你可以把我从盒子里舀出来吃。

1. h; 2. a; 3. c; 4. b; 5. e;
6. g; 7. d; 8. i; 9. f.

答案：

63

64

能量是怎么回事？

开门、打球、赛跑——你总是在运动。是什么给你运动的本事？

这个答案是能量！你的身体从食物中获取能量，这些能量能产生你运动时所需要的推和拉的力。

车子的发动机烧汽油。汽油燃烧时会释放能量，这些能量产生转动轮子所需要的推拉的力。

能量有很多种类。像水和风这样在活动的东西就有能量。像火这样燃烧的东西也有能量。但最重要的能量来源是太阳。它使得地球上所有的东西能够运动。

387

来自运动的能量

可怜的老布日思特伯纳斯！他的海盗船已经开走了，而他却被困在了一个小岛上。他想到两个求救的办法。他可以放一个风筝希望被人看到。或者他可以把装了信件的瓶子放进大海，希望能被人发现。

老布日思特伯纳斯的两个想法都依赖一种能量：风的运动使得风筝升起，水的运动使得瓶子漂流。像风和水这样运动的物体可

把多米诺骨牌按照图示的样子排列起来。在一端的骨牌上轻轻地点一下给它一点能量。看看这能量是如何在骨牌倒下的过程中从一个骨牌传到下一个骨牌的。

试一试 1

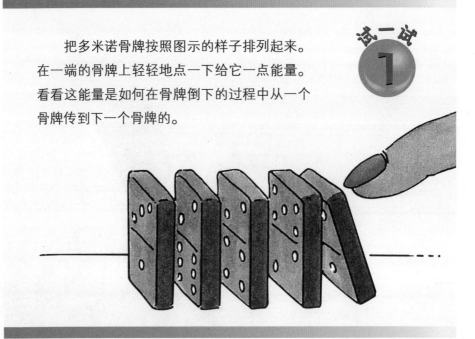

以用来推或拉其他的东西。

任何运动中的物体都有能量，甚至包括布日思特伯纳斯身旁树上的椰子。当椰子落下时，它们能给被砸中的东西强有力的一击，包括布日思特伯纳斯的脑袋！

来自风的能量

风的推动可以使风筝飞
行。它也可以使帆船在水
面快行。它甚至可以发电点
亮灯泡和抽水。

人们利用风能来为他们的
家和其他房子抽水和产生**电**。人
们使用一种叫风车的机器来实现这
一点。风车有着许多不同的形状和
大小，但它们基本上都差不多。

它们都很高，这样可以获取地
面上的强风。它们都有一个转动的
轮子。这些轮子有着可以让风推动
的桨片、风帆，或者叶片。当风吹
动时，轮子就转动。这样形成的推
力可以转动抽水机或者**发电机**。

当然，不是总有风的，所以风
车并不总能转动。但由风车抽上的
水可以储存在水罐里。风车转动时
发的电可以储存在电池里。在风车

这些风车使用风的能量来发电。

再次转动之前，人们可以使用这些储存
起来的水和电。现在甚至有"风力农
场"，那里的风车可以产生足以供给一
个村镇的电力。

69

来自太阳的能量

你将来可能会住在一间用一罐子"阳光"取暖的房间里。这样的房子的热量靠**太阳能**，也就是说来自太阳的能量。

太阳的能量是地球上所有东西的能量的源泉。植物就是利用太阳的能量来为动物和人类制造食物的。

利用太阳能量的房子叫做太阳能房子，或者称为"阳光屋"。太阳能房子有着特别的采集器来获取太阳光的热量。这样的采集器通常是安装在屋顶或朝阳的墙上。

太阳的热能又是如何储存的呢？在一种太阳能房子的设计中，水或另一种液体在有阳光的时候流过采集器而被加热。然后这些热水被抽进装有沙子或碎石的大罐子里。一点一点地，水把罐子加热了。沙子和碎石能比水保存热量更长久一些，因此在太阳落山以后，热量还能在罐子里保存很久。

当房子变冷后，你可以按动开关打开一个安装在罐子旁边的风扇。风扇把冷空

太阳能电池是一种可以直接通过太阳光发电的特殊电池。因为太阳光在外太空最强，太阳能电池在那里最管用。许多卫星都是依靠太阳能电池获得能量。

气吹进罐子里。空气被加热后再流出罐子吹过整个房子。这样，房子，和你自己，就被储存起来的太阳热量加热了。

一栋太阳能屋子

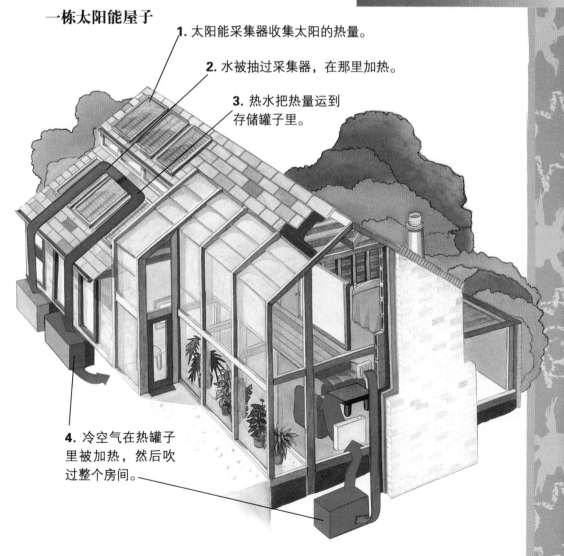

1. 太阳能采集器收集太阳的热量。

2. 水被抽过采集器，在那里加热。

3. 热水把热量运到存储罐子里。

4. 冷空气在热罐子里被加热，然后吹过整个房间。

71

来自燃烧的能量

蜡烛中的蜡是一种燃料。

你一定看到过蜡烛燃烧。蜡烛芯四周有橘黄色的火焰跳跃，而火焰下面的蜡熔化后往下滴。蜡烛在熔化过程中变得越来越短。

　　蜡烛中的蜡是一种储存起来的能量。它是**燃料**。燃料可以通过燃烧来提供光、热或推动东西移动的力。煤炭、石油和用来给家里和其他建筑取暖和做饭用的天然气都是燃料。汽车用的汽油和壁炉里的木柴也都是燃料。

煤炭产生的火

所有的燃料燃烧时都发生同样的过程。当它开始燃烧时，热量使得它分解并转化成其他东西，比如灰。燃料分解时会释放能量。这些能量的一部分是光，一部分是热。

当汽油在车子发动机里燃烧时，其释放的热能会使得发动机开始运转。然后来自发动机的运转又使得车子开动。

储存在燃料里的能量叫做**化学能**。

73

来自原子的能量

包括你在内的所有东西都是由几亿几亿的、比你所能想象的任何东西都小的小东西组成的。这些小东西叫做**原子**。原子是一件东西可以分割开并且还保持原有特性的最小单位。比如说，一个金原子是可能的最小的金子。

特别的机器可以把某些种类的原子再分成更小的部分。当原子分裂时，它们释放能

核能是怎样产生的

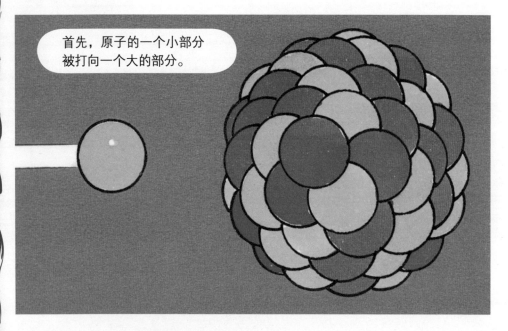

首先，原子的一个小部分被打向一个大的部分。

量。原子分裂的部分是原子核，所以这种
能量叫做**核能**。

　　原子分裂时释放的能量是热能。所以
分裂原子的机器可以和烧燃料的发动机一
样使用。机器产生热。热可以再被用来让
发电机发电或推动其他的机器。

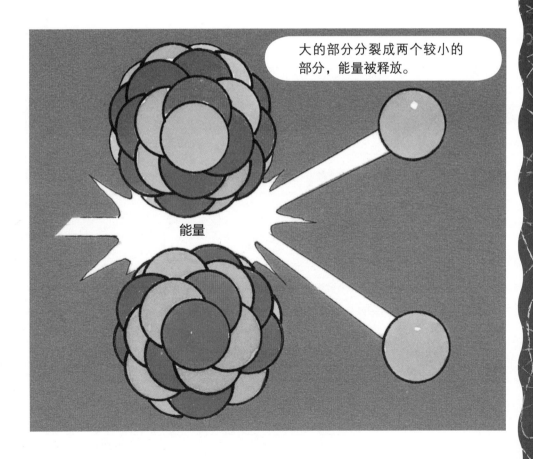

大的部分分裂成两个较小的部分，能量被释放。

能量

来自电的能量

斯诺克和斯克其非常不高兴。它们已经做了200年的宫殿龙。它们搬运木柴，往壁炉里喷火，在殿堂里点燃蜡烛。但现在它们失业了。这不是它们的错。宫殿发生变化了。现在的皇宫用电灯泡照明，房子用锅炉取暖，甚至在厨房里也有了一个崭新的炉子。

电在做斯诺克和斯克其过去一直做的事情。电是一种能量。电流过一根导线，叫做**电流**，就像水流过管子。电流可以做燃料能做的同样工作。它可以产生光和热。它也可以让各种各样的机器运转。

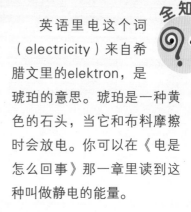

全知道

英语里电这个词（electricity）来自希腊文里的elektron，是琥珀的意思。琥珀是一种黄色的石头，当它和布料摩擦时会放电。你可以在《电是怎么回事》那一章里读到这种叫做静电的能量。

所以斯诺克和斯克其不用再搬运木柴、点火或保持蜡烛燃烧了。它们只需要按按开关打开或关闭电流。生活从此容易得多了，斯诺克和斯克其会有足够的富余时间帮助举行宫殿烧烤活动。

能量的转化

砰！球拍打在了网球上，球飞过了网。得分了，这多亏了一个汉堡包！

当然，那个汉堡包并没有真的打那个球，那是球员打的。但那个球员午餐时吃了个汉堡包，球员的身体从汉堡包那里得到了能量。这些能量的一部分被用来挥动球拍。挥动中的球拍里的能量把球打过了网。所以啊，都站起来为汉堡包欢呼吧，是它帮助赢了这一分的。

能量只有几个种类，但每一种类的能量都能够转化成其他的种类。你吃的食物中的化学能可以转化成为跑步或打球时的运动能。

其他种类的
能量

在世界上的有些地方，能量从地底下蜂拥冒出或者涌入海洋，还不要钱！

　　这类能量的一个形式是从沸腾的水和蒸汽中得来的。地面以下深层的岩石非常热，有时能达到600℃。这是比沸水高出五倍的温度。如果地下水渗进这些灼热的岩石，它们会立即化为蒸汽。水蒸气需要占有比水多出4000倍的空间。蒸汽便会挤进岩石的各个空隙，有时候会找到一条路径一直到达地球表面。蒸汽可以用管子采集到一种叫做涡轮的发电机里，蒸汽转动涡轮里的轮子从而帮助发电机发电。

　　海洋里的运动同样释放着极强的能量。人们已经发明出好几种方法来利用这个能量。一种方法是利用那时涨时落的潮汐的能量。获取这种能量需要在海湾口上修建一座坝。在落潮的时候水从坝里往外放，流动的水推动涡轮里面的轮子就可以发电。

当流动的水转动涡轮里面的轮子时，这些涡轮发电机就发出电了。

试一试 ① 是什么让这个工作的？

找到使每一样东西工作的能量种类。

1. 灯泡从哪里获取能量？
   a. 燃烧的木柴
   b. 电
   c. 太阳光

2. 汽车的能量来自：
   a. 燃料
   b. 风
   c. 轮子

3. 你吃东西的时候，你的身体从什么获得能量？
   a. 从你咀嚼时牙齿的运动
   b. 从你吃的食物
   c. 从你胃里的电能

4. 帆船利用来自哪里的能量?

    a. 光

    b. 燃烧的木柴

    c. 风

5. 太阳能房子从哪里获取能量?

    a. 蜡烛

    b. 太阳光

    c. 蒸汽

6. 在烤箱里烤蛋糕时,你利用的是:

    a. 热能

    b. 运动能量

    c. 水的运动

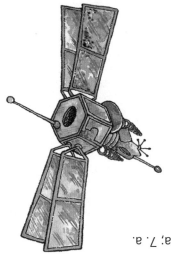

7. 天上的卫星用的能量:

    a. 来自太阳

    b. 来自空气中的水

    c. 来自燃料

1.b; 2.a; 3.b; 4.c;
5.b; 6.a; 7.a.

答案:

做一条会跳舞的蛇

你将需要：

- 铅笔
- 纸
- 胶带
- 轻的卡片
- 剪刀
- 顶针
- 一支没有削过的带橡皮的铅笔
- 阀芯
- 针

做这个可以活动的玩具，你可以看看热能是怎么让东西运动的。

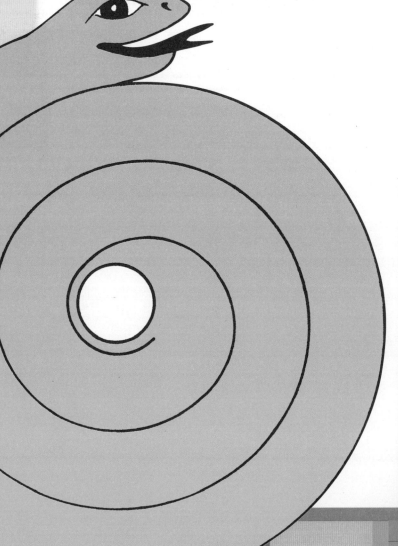

怎么做:

1. 在纸上按照84页描下蛇形图线。把纸贴到卡片上面。

2. 把图线的外圈剪出来。然后小心地用剪刀把中间的小圆圈剪掉。那个洞应该足够大,可以放在顶针上。如果不够大的话可以再剪大一些。再沿着螺旋线剪开。

3. 把顶针推进洞里。轻轻地拉蛇的头让螺旋形卡片打开。

4. 把铅笔的橡皮头朝上立在阀芯里。如果铅笔不稳可以在洞里塞些纸。让大人帮忙把针插进橡皮里。把顶针像图示那样挂在针头上,这样蛇就"站"起来了。

5. 把能跳舞的蛇放在一个暖和的地方,比如暖气片上,壁炉上方,电视机顶上,或者举在点亮的灯泡上方。

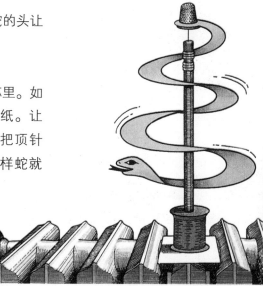

发生了什么?暖气使得空气运动,而运动的空气让跳舞的蛇不停地旋转。

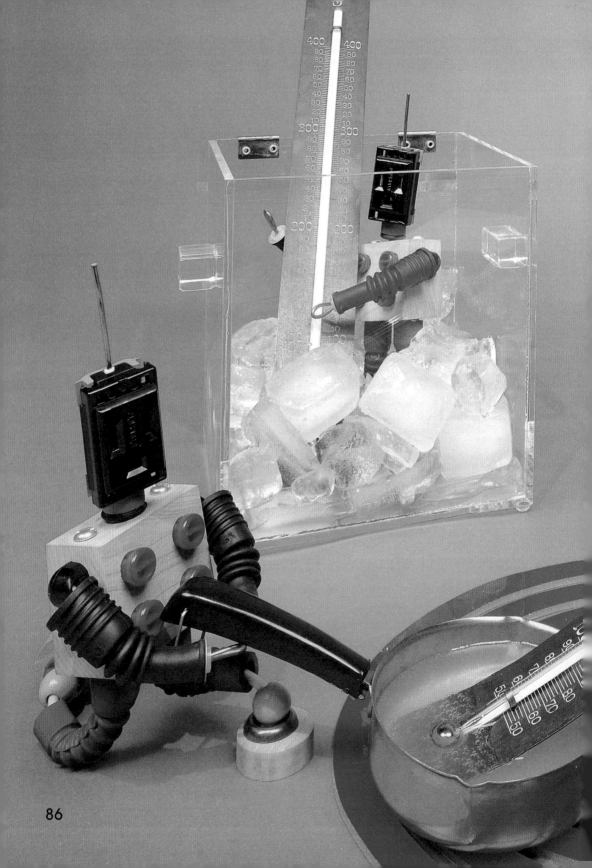

什么是热和冷?

天冷的时候，你可以通过搓手来让它们暖和起来。为什么搓手会让手暖和呢?

像你周围的所有东西一样，你是由分子组成的。

当你把手放在一起搓时，你制造了摩擦。你让皮肤上的分子互相推动和撞击。这样使得分子运动加速，赋予它们更多的能量。

分子运动得越快，你就越暖和。所以，如果你搓的劲够大，你的手会觉得暖和。

热起来

你可以炒冰块吗？你可以试试。但如果你是在一个平底锅里加热冰块，它们就不会是冰块了。冰会融化成水。过一会后，水会沸腾转化为**蒸汽**。是什么让冰块如此变化呢？

冰之所以融化是因为它的**分子**遭遇了变化。热能量使得分子运动加快。当分子运动加快时，它们互相之间越离越远。这样冰就从**固体转化成液体**，也就是水。

热也会使得液体中的分子运动加快。所以当分子运动加快，它们之间会跑得更加远。这样液体就**蒸发**了。它变成了**气体**。

热使得冰块从固体（冰）变成液体（水），然后变成气体（蒸汽）。

冷的分子聚集在一起。

这就是水沸腾时的情形。热使得分子在锅里翻滚得越来越快。当水分子运动得足够快时，它们变成蒸汽。蒸汽中的分子于是混合到空气中的其他分子当中。

热使得分子加快运动而互相拉开距离。

分子运动加快时，它们互相之间的吸引力减弱。

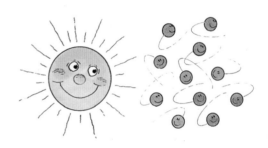

滴滴……你的食物在微波炉里热好了。它是怎么变热的？微波炉发射一种叫做微波的能量波进入食品。微波使得食品中的分子振动。振动产生热。你的食物就变热而可以吃了。

全知道

89

凉快

在冷天，有时候窗户玻璃的里面会变得很模糊。它们被覆盖上一层水膜。这水是从哪里来的呢？

它来自水蒸气，也就是屋里空气中包含的水分子。当玻璃比较冷时，水就在窗户上聚集起来。

水蒸气是一种气体。水蒸气中的分子与它们周围房子里空气中的分子一样暖和。但是当分子撞上窗户上的冷玻璃时，它们失去热量。分子变冷时互相靠得越来越近而且运动减慢。减慢到一定程度时它们就**凝结**，或者说转化成微小的液体水滴。

有时候天气非常冷时，窗户上的玻璃会比屋里的空气要冷得多。这时候水蒸气里的分子在接触玻璃时会失去更多的热量。它们的运动减慢得更厉害，互相靠得更近。当它们互相靠得足够近，吸引很强时，它们就冻了起来。这时候窗户上覆盖着一层霜，也就是薄薄的像羽毛似的小固体冰粒。

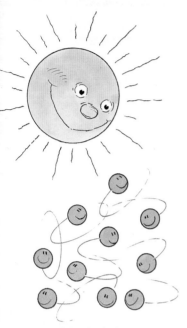

水蒸气中的分子和周围的空气一样暖和，所以它们运动得很快。

全知道

东西能变得多冷？在可能达到的最低温度时，分子基本上没有运动。这叫做温度的绝对零度。绝对零度是零下273.15摄氏度（即−273.15℃）。

当空气开始变冷时，水分子减慢速度，互相靠近。

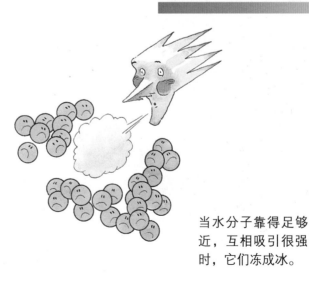

当水分子靠得足够近，互相吸引很强时，它们冻成冰。

试一试 2

分子运动

这个实验为你展示了热水中的分子运动比冷水中的快得多。

你将需要：

- 两个大碗
- 冷水
- 热水
- 食用颜料

怎么做：

1. 在一个碗里装上你能找到的最冷的水。请大人帮忙在另一个碗里装上热水。把两个碗都放在桌上。

2. 等水静止时，在每个碗的中间分别挤进三滴食用颜料。挤的时候不要接触水。动作要快，这样颜料基本上同时进入两个碗。

3. 颜料在水中分散得多快？热水中的分子运动比冷水中快得多。所以颜料在热水里分散得比在冷水里快很多。

像烤面包一样热

冷的黄油在热的烤面包上不会冷很久。面包中热量的一部分会传进黄油，所以黄油会变暖。热能是可以扩散的。热能总是从热的东西流到冷的东西里。这是分子的运动在传递热。

一片烤面包是一片固体的面包，但面包里面的分子在运动。即使它们是被拴在一起也会蠕动或扭动。当面包被烤时，烤箱的热量使得分子运动加速。

冷黄油也是固体。但它的分子运动得很缓慢。当你把冷黄油涂到热面包片上时，一些速度很快的面包分子撞上缓慢的黄油分

当你把冷黄油涂到热面包片上时，一些高速运动的面包分子（红色）撞上低速运动的黄油分子（蓝色）。

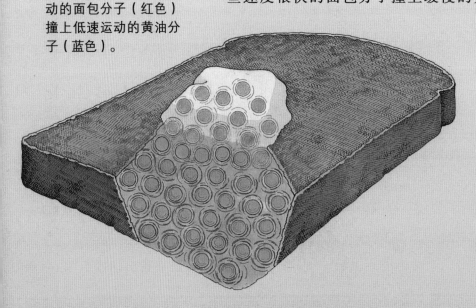

子。这使得黄油分子运动速度加快。这样的蠕动在分子之间传递，直到黄油变得又软又暖。

试一试
1

把五个不同年份的硬币放在一个小盒子里给朋友们看，然后告诉他们你可以知道他们脑子里想什么。

让你的朋友在你的背后挑选一个硬币并记住它的年份。让他们每一个人都轮流把那个硬币紧紧地攥在手心里一会儿，好把注意力集中在那个年份上。最后一个人再把硬币扔回盒子里。这时候你马上转过身来轻轻地触摸每一个硬币。其中四个是凉的，但第五个是温热的，因为它从你朋友的手心里获得了热量。拿起那个硬币，读出其年份，你的朋友一定很惊讶！

95

上升！

你知道有些人可以用一口袋热空气飞行吗？当然，那个"口袋"是一个巨大的热空气气球。一个充满了热空气的气球可以把人带上空中。

当空气受热时，其分子运动加快并互相推动。这使得空气膨胀，或者说它们占据更大的空间。热空气里的分子互相之间越推越远，以至于最后很少量的分子占据很大的空间。

气球里热空气的分子比外面冷空气的分子互相之间距离要远得多。所以热空气比冷空气轻很多。因为热空气轻，它会上升。它在气球里面往上推。当推力足够时，气球就会高高地升上天空。

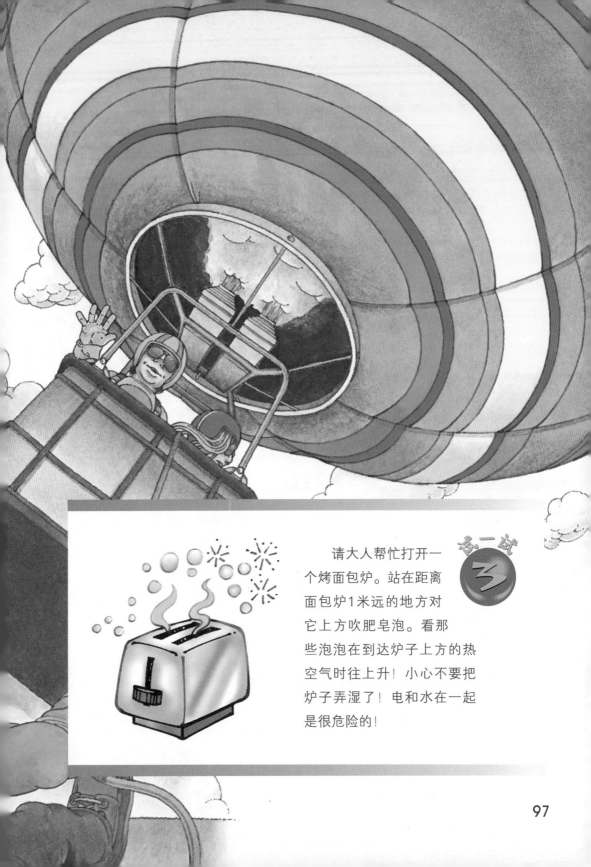

请大人帮忙打开一个烤面包炉。站在距离面包炉1米远的地方对它上方吹肥皂泡。看那些泡泡在到达炉子上方的热空气时往上升！小心不要把炉子弄湿了！电和水在一起是很危险的！

是什么让
锅盖
跳动？

你不需要看就知道一个盖了盖子的锅里的汤或水烧开了。当水烧开的时候锅盖会开始上下跳动。盖子跳动的动力来自蒸汽。

当锅里的水被加热时，水分子获得能量。这个能量使得分子加速而互相碰撞。当水足够热时，其中一部分从液体转化为叫做蒸汽的气体。

气体里的分子运动速度更快，互相也离得更远。所以蒸汽会膨胀。它比热水占据更大的体积。但蒸汽只有一个地方可以跑出来：锅盖四周的缝隙。它就使劲从那里挤出来，这样就推动着锅盖上下跳动。

蒸汽还可以用来推动机器里的活动部件，这样可以推动轮船、火车和发电机。这些大机器需要从膨胀的蒸汽里获得很强的推力。所以它们需要烧开大量的水。

转化状态

我们周围有固体、液体和气体。所以，我们周围每一件东西里的分子都以某种特定的形式运动。它们或者紧紧地抱在一起，或者互相绕着跑，或者在空间自由来往。通过加热或冷却，物质很容易从一个状态转化为另一个状态。这里的三个活动和103页上的观察可以告诉你它是如何转化的。

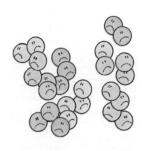

你将需要：

- 三个同样大小的玻璃杯
- 两块冰
- 冷黄油
- 一个硬币
- 一个金属盘子
- 一个足以盖住杯子的金属瓶盖（如果瓶盖里有纸板，把纸板去掉）

怎么做：

活动1

确定杯子是处于和室内同样的温度。把一个冰块放进第一个杯子，把一小块黄油放进第二个杯子，把硬币放进第三个杯子。

然后等10~20分钟，哪种物质融化了？

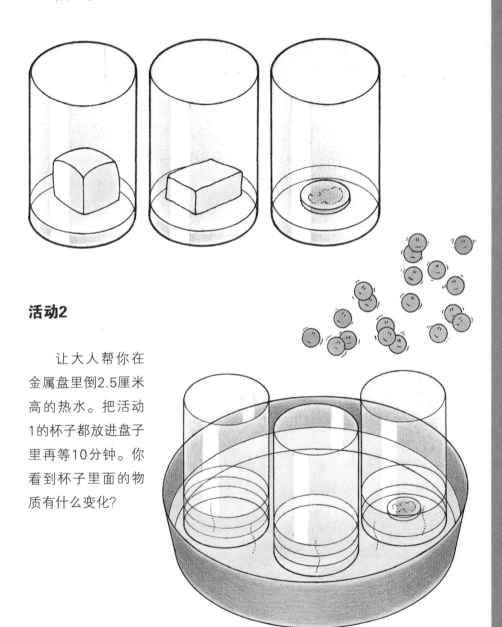

活动2

让大人帮你在金属盘里倒2.5厘米高的热水。把活动1的杯子都放进盘子里再等10分钟。你看到杯子里面的物质有什么变化？

活动3

　　请大人帮你在一个杯子里装上半杯热水。把瓶盖倒着盖在杯子上。然后把冰块放在盖子上。五分钟后，拿开冰块，再小心地拿开盖子。看看盖子的下面是什么情形。

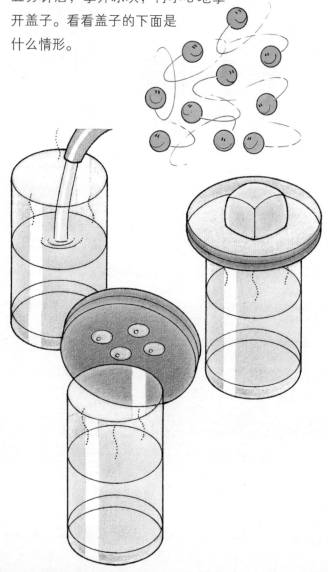

观察

活动1

在室温下，冰块的一部分融化了。黄油没有融化，但变软了。硬币没有变化。

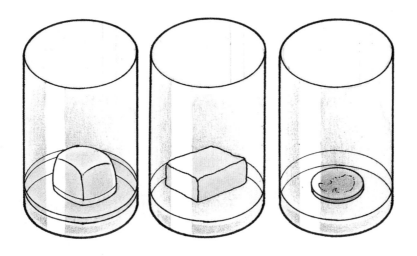

活动2

热水使得分子运动的速度加快。冰块的更多部分融化了。黄油也融化了。但硬币里原子的运动没有加速多少，所以它不会融化。

活动3

瓶盖上有小水滴。热水中的一些分子转化成气体，但当它们撞上冷瓶盖时，它们减速、凝结而又变回液体了。

取火者

很久以前，人们就学会了用火来取暖和照明。在美国西南部生活的帕与特印第安人有一个高原狼给他们带来火的传说。

从前很古老、很古老的时候，帕与特人没有火。每当有着寒冷和漫长的夜晚的冬天来临时，人们用兔皮裹着身体，蜷缩在地下土房里。

在帕与特人中有一个总是想着别人的男孩。他和别人一样冷，但他更为看到其他人的痛苦而犯愁。一天，正当他坐在一座雪山旁边颤抖的时候，一只高原狼来到他身边。"孩子，你为什么犯愁？"狼问他。

"我为我的族人伤心，"男孩答道，"他们冷得难受。"

"这是有办法的，"狼说，"会很困难，不过我会帮助你。我们得把火带给你的族人。"

"火？什么是火？"男孩问。

"火就像一朵光亮的红花，但它不是花。"狼说，"也不是野兽。不过，它很像野兽，会侵吞草地和树林以及它的路径上的一切。但是如果它被限制在一圈石头中间的话，它会是你们的朋友。它会给你们带来光和温暖。"

"火在哪里？"男孩问道。

"火住在大水边的火烧山上，从这里要走上一百天。"狼告诉他，"那里每天每夜都由火神护卫着。也许我能溜得足够近去偷一点火给你。"

男孩跳了起来。"朋友，我们快走。"

"等等。"狼警告说，"没那么容易。火神会追赶我们。你不可能跑一百天而不被他们抓住！你必须召集部落里一百个最能跑的人，每个人分别在一天的距离上等着。"

于是男孩来到帕与特人中转告了高原狼的话。但许多人不相信他。"你不过是一个孩子，怎么能知道'火'？"他们不屑一顾地问。

男孩不停地请求和分辩。终于，人们觉得不妨一试，反正他们也不会有什么损失。他们挑选了一百个部落里最善于跑步的人。这些人和男孩、狼一起离开了他们的家乡。他们进入了插进云天的高山里。

每天晚上，狼都对一个跑步者说："你会是最后一个跑的人。等在这里。到时候你会看到一个跑步者冲着你来。他会拿着一根光亮的棍子，上面有盛开的红花。那就是火。你必须从他手里拿过火然后以最快的速度跑回家。"

他们蹚过山里的小溪。他们走过黑森林里的小道。最后，他们穿过一大片干燥的平原走向深藏在蓝色薄雾之中的天边。

一个又一个的跑步者被留在路上。在第一百天的晚上，高原狼和男孩站到了那巨大的、像黑圆锥的火烧山的脚下。山顶上冒着一团烟。火神们在跳舞，火光在大水上映着耀眼的红色。

　　高原狼捡起一根干树枝。"当
你看到我回来的时候，就做好准
备跑。"它说。然后它就往山上
去了。

　　又脏又累的高原狼慢慢地向火
神们靠近。他们看见这只褴褛、

瘦弱、鬼鬼祟祟而又饿得啃树干的东西都笑了起来。他们没把狼当回事，这正是狼所希望的。火神们继续跳他们的舞。突然，高原狼往前一扑，用树干点着了火。火神们惊呆了，他们愤怒地嘶叫起来，风一样快地追着狼奔下山来。

上气不接下气的狼跑到男孩边上把着火的树枝递给了他。男孩立刻跑了起来。他跑了一晚上直到天亮。火神们在后面发着怪声。精疲力竭的男孩终于把着火的棍子交给了下一个跑步者。

就这样，火炬从一个跑步者手里传到另一个跑步者手里。他们冲过干燥的平原和黑森林。在他们后面，愤怒的火神们还在嘶嘶作响。但当火神们临近雪山时，他们终于没法继续前进了。火没法在雪地里生存。

终于，最后那一个跑步者带着燃烧的木棍到达了帕与特的地盘。按照高原狼告诉他们的那样，人们在火的周围堆砌一圈石头。火在燃烧，人们围着火赞叹它带来的光亮、温暖和舒适。

为纪念男孩的功勋，人们把他命名为取火者。他们也牢记着高原狼的勇敢。

从那以后，每只高原狼的皮毛都携带着愤怒的守卫火烧山的火神们留下的烙印。

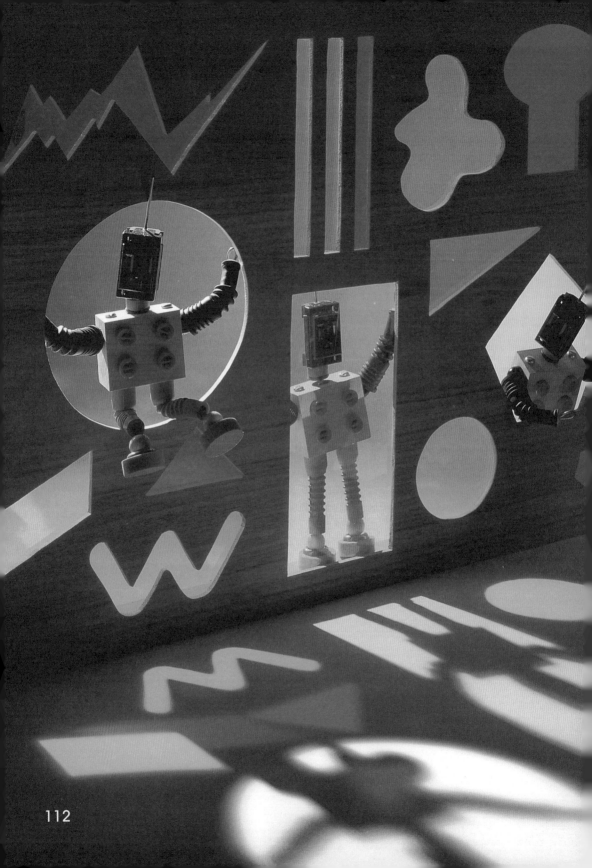

光是
怎么回事？

你在睡眼蒙眬中睁开眼。太阳光已经从窗户那里照进来了。是起床开始你的一天的时候了。

太阳光照亮你的房间并把你唤醒。但来自太阳的光还做着很多其他的事。它使得地球上的生活成为可能。

太阳光给我们能量。这个能量给地球温暖，所以动物、植物和人类可以生存。它也使绿色植物可以生长。我们吃的所有食物都来自植物或者吃植物的动物。

光是如此重要，人们发明了许多办法来发光。我们有蜡烛、火炬、电灯、霓虹灯和激光。这些东西帮助我们看到东西。光也会做其他事情。接着读下去，了解这种叫做光的异乎寻常的能量。

什么是光？

燃烧的蜡烛有一个温和、红彤彤的火焰会发光。但你打开电灯时，那里并没有火焰。那么电灯泡是怎么发光的呢？

当电灯开的时候，**电**流过灯泡里的灯丝。这使得灯丝变得很热。当灯丝变得足够热时，有些事情就开始发生了。

就像所有其他东西一样，灯丝是由叫做**原子**的小东西组成的。当灯泡里的灯丝变得很热时，其原子吸收能量。很快，这些原子

吸取了它们可以保存的所有的能量。这时候
它们开始用发光的形式释放富余的能量。

　　所有的东西在足够热的时候都会发光。
像太阳那么大和热的东西会发出巨大的光
芒。太阳的温度比地球上任何东西都要热上
成千上万倍。所以太阳保持它的原子们在不
停地跳动。原子们则不断地发出一团又一团
的光。

反弹的光

满月可以提供足够的光让我们捉迷藏或在晚上散步。月亮那明亮而银色的光又是从哪里来的呢？你也许会很惊讶地发现那是来自太阳！月亮发光完全是因为太阳照耀在它上面的缘故。太阳光的一部分被月亮**反射**，或者说反弹回来，而到达地球。所以我们所说的"月光"其实只是反射的太阳光。

我们看到的有些东西，如电灯泡、霓虹

你可以自己看看光是怎样在东西上反弹的。举起一块镜子让太阳光在上面反弹出来照亮别的东西。

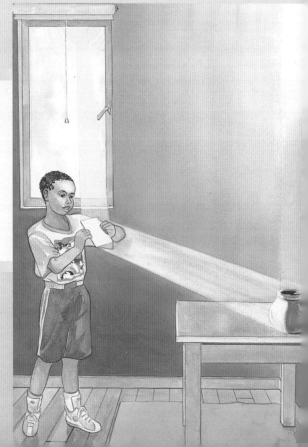

当太阳光在月亮上反弹时，月亮很明亮。月亮的光又在水面上反弹，使得水面明亮。

灯、交通灯甚至电视，是像太阳一样的，它们发光。但我们看到的大多数东西像月亮，它们自己不发光。从太阳、电灯或其他光源来的光照射在它们上面。它们把光反射到我们眼睛里，这样反射的光告诉我们这些东西的形状、大小和颜色。

在晚上把你房间里的灯关上。如果没有从灯或窗户来的光在东西上面反弹，你就看不见它们。所有东西都是黑暗的。当灯被打开时，反射出来的光就为我们显示那里有什么东西。

谁造的影子？

在太阳光下，你的影子跟着你到处跑。有时候它在好玩的地方折叠，有时候它自己扭曲成奇怪的样子。只要太阳在照耀，你的影子就总会在那里。在多云的日子，或者在阴暗的房子里，你就没有影子。影子哪里去了呢？你的影子是什么？

我们之所以有影子是因为光走着特定的路线。光像水中的波纹一样波浪式前进。只要没有东西阻挡，光波便只往一个方向前进。但是当光波撞上一个物体时，它被挡住。这样，在挡住光波的物体的另一面就是黑的，也就是影子。

在阴暗的房子里的物体没有影子是因为没有光波经过那个房子。在多云的日子，因为云彩打散了来自太阳的光波，影子就很难看到。云彩吸收了部分光波同时又把剩下的光波散射到各个方向。当光波被打散和反弹得到处都是而不是只走一个方向时，就没有影子了。

女孩和狗挡住了太阳光，就有了和他们
身体形状一样的影子。

镜子，镜子

你的镜像是你的一个复印件，但它总是反着的。

镜子里的那个人是谁？看起来像是另一个你，做着和你同样的动作。镜子怎么把你给"复印"了？

镜子很光滑。镜子的正面是用平面抛光的玻璃制作的。在玻璃的后面还有一层薄薄的银或者其他闪亮的物质。

当你站在镜子跟前时，光从你的身上弹出来穿过玻璃。当光撞上玻璃后面那层闪光的东西时，它又反弹回到你这里来。这就是为什么你能看到你自己。

你的镜像是你自己的一个很好的复印件。但你是否注意到你的镜像总是跟你反着做事？如果你把右手伸出来，你的镜像伸出它的左手。你的每个部分在镜子里的镜像中都变成了相反的部分。

你觉得如果你把自己的名字写下来对着镜子展示会是什么样？试试看吧。

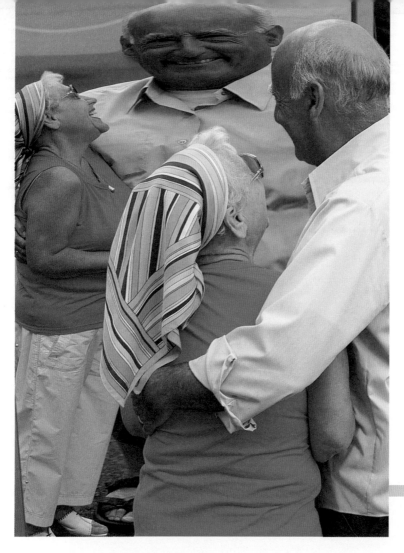

你在哈哈镜里看过你自己吗？那是不是很可笑？你可能会看起来很矮很胖或者很高很瘦。哈哈镜是弯曲的。与平的镜子不一样，弯曲的镜子使光扭曲。扭曲的光使得镜像看起来大不一样。

全知道

特写

它巨大、闪闪发光的眼睛紧盯着你。它的大嘴巴不停地张着合着、张着合着。突然它游到了鱼缸的另一头。原来那不过只是一条金鱼。

为什么金鱼游到弯曲的玻璃边上时会显得很大呢？充满了水的鱼缸就像一个**透镜**。弯曲的鱼缸把从鱼身上反弹后而从鱼缸里出来的光扭曲了。这样就使得金鱼看起来比实际上大得多。

任何东西，即使是一滴水，只要是弯曲的而又能让光透过的话都可以成为一个透镜。一个曲线的形

让一滴水顺着你的指尖滴到硬币上。水滴的曲面就像一个透镜，让硬币上的图案看起来更大。

状使得光扭曲和分散。而从某个东西上反弹出来的光分散后就使得那东西看起来大得多。一个有着合适曲线的透镜可以使东西看起来比实际又大又近。

放大镜其实就是一个有两个弯曲表面的简单透镜。你可以用它观察像纸张、衣服或你自己的指头这样的东西的特写。把它对着你要看的东西，先移近然后拉远。你可以得到一个清晰的图像，你可能会为你看到的东西而惊奇！

看到不存在的东西

湖泊会消失吗？几分钟前你看见路前端有一摊波光闪耀的水，现在你看见的却只是灼热的公路。湖哪里去了？

那个失踪的湖是一个幻影——不是真的像看到的那样。幻影是由于光从遥远的东西上反射过来造成的。当地面附近有分层次的热空气和冷空气存在时，你就可能看见幻影。

光通常走直线。但当光穿过分层次的热空气和冷空气时，它就走得不一样。热的空气层和冷的空气层就像透镜一样。透镜是通过曲面的玻璃或者塑料来使光弯曲，让东西看起来变大或变小。热空气层或冷空气层能让光弯曲。

如果底层的空气是热的，幻影会出现在接近地面的地方。但如果底层是冷的话，光会反方向弯曲。幻影就会出现在高处——甚至像飘浮在空中一样！

幻影可以在奇怪的地方出现。"湖泊"可以是从遥远的云彩中来的。一个石头"岛屿"也许来自远方的山头。海上的人曾经看到过底朝天飘在空中的"鬼船"，那是远在海洋的另一处的真实船只的影像。在意大利附近的墨西拿海峡航行的人有时会看到一座"魔城"浮在水面上！

沙漠道路上空的热空气正在制作一幅幻景，使得又热又干的路面上看起来有水。

对着照相机微笑

照相机为它通过透镜"看"到的东西做个复印件。

看看你两岁的时候与你的毛绒熊在一起的照片。看看你去年夏天与你钓到的大鱼在一起的照片。那时候，有人给你照了相。照相机为你当时的样子做了一个复印件。

照相机有一个透镜可以让光线拐弯后在相机内聚焦，也就是聚集在一点上。这样光"印"出一个图像。照相机有一个叫做快门的小开口。快门在绝大部分时间是关着的。但你按下开关时，快门打开不到一秒钟的时间让光线进入。你要照相时用一个叫做取景框的小窗口观看要照的物体，然后按下开关。快门急速地打开又关上。照相机便存下了图像，那就是你和照相机看到的图像。

当你按下一个按钮，照相机让光很快地进入。这样底片上就留下了影像。

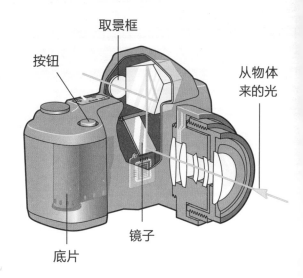

取景框

按钮

从物体来的光

镜子

底片

你在照相机的取景框里看到的就是照片上的影像。

颜色是
怎么回事？

你的三明治里面的奶酪是橙色的。西红柿则是鲜红的。菜叶是绿色的。淡褐色的面包有着深褐色的边缘。

　　我们看到东西的颜色是因为它们反射光的方式。但颜色其实是在光里面。来自太阳的光包含着所有的颜色。我们叫这种光为**白光**。

　　如果你让明亮的太阳光穿过一种叫**棱镜**的玻璃就可以看到这些颜色。当白光通过棱镜时，它就会被分开成一系列的颜色，就像一道彩虹。它有六种颜色：紫色、蓝色、绿色、黄色、橙色和红色。

　　当白光照到某个东西时，该物体会吸收，或者说吸进去一些颜色，但同时它会反射出其他颜色。于是物体就表现出它们所反射的颜色。所以，你的三明治里面的西红柿看起来是红的是因为它反射红色而吸收了其他的颜色。菜叶反射绿色。

　　这张纸看起来是白的，是因为它反射所

有的颜色。字看起来是黑的，因为它们几乎不反射任何光。黑色的物体把照射到它们身上的几乎所有光都吸收了。所以你在黑色的东西上看不到任何颜色。

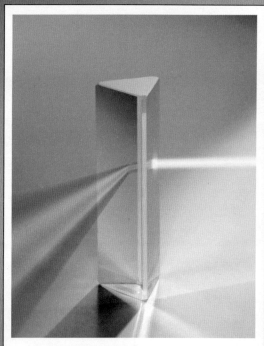

棱镜把光分解成不同的颜色。

多彩的世界

想想夕阳和交通灯，篝火和电视屏幕，它们都发出包含很多颜色的光。是什么让颜色如此不同？我们为什么能看到这么多种颜色？

光里的所有颜色都是以同样的方式发出的。当原子被加热时，它们吸收能量，然后它们把能量变成一束束的光发出来。

所有的光都来自原子，是由获得了能量的原子制造出来的。比如说，原子在被加热

赤热的岩浆从火山口喷出。

时得到能量，然后它们就以光的形式
释放能量。

　　光可能带有很多的能量，也可能
很少。光的颜色取决于它携带的能
量多少。在可见光谱里，红光能量最
小。红色之后是橙色、黄色、绿色和
蓝色。紫光在可见光中能量最大。

在可见光谱中，除了紫
光以外，蓝光的能量比
其他光的都大。

木柴燃烧时，木头里储
存的能量中的一部分作
为光释放出来。

我们看不见的颜色

太阳灯可以产生人造的紫外线。太阳灯发出的能量和自然光中的紫外线能量类似。在使用太阳灯时一定要多加小心。它们发出的光强度比太阳光大很多。

哎呀！你整天都在游泳，但你从水里出来时忘了涂防晒霜。现在你被晒伤了。你是怎么被晒伤的？你的晒斑来自光，但不是你可以看见的光。

当太阳光中的所有颜色被分开时，它们构成一个彩虹。彩虹在一边有一段红色，在另一边有一段紫色。其他所有颜色都在中间。但在红色边缘和紫色边缘之外还有你看不见的"颜色"。

皮肤被晒黑或者晒伤都是因为**紫外**线。紫外是"紫色的外面"的意思。在彩虹里，紫外线是正处在紫光边缘以外的光线。你看不见这个光线。但当你的皮肤被晒黑或晒伤时，你就知道紫外线能量的厉害了。

太阳很明亮时，你感到阳光的灼热，这是因为**红外**线。红外是"红色的外面"的意思。红外线在彩虹里正处于红光边缘的外面。跟紫外线一样，你无法看见红外线。但你能感觉到它。当它照到东西上时，它们发出的能量可以使物体热起来。夏天路面发热就是因为它们吸收了来自太阳的红外线的能量。

在自然光下不容易看到的指纹可以在紫外灯下清晰地显示出来。

超级光！

它可以穿透钢铁。它可以裂开钻石。它可以做细小、微妙的手术。它是超级英雄吗？不是，它是一种特别的光。可以做这些事的光叫做**激光**束。激光和普通光一样是由大量的叫做**光子**的能量组成的。但激光束里的光子表现得不同寻常。

普通光中的光子有着不同的能量。它们往各个方向跑，在不同的时候一会走一会停。它们就像人堆里的每个人，往不同方向走。但在激光里，所有光子

都以同样的方式工作。它们都正好是同一个颜色，所以它们都有同样的能量。它们同步发出，走同一个方向。它们就像游行中的队列。

　　因为所有光子都同步行进，激光就非常厉害。但不用担心！你不会在大街上遇到激光束。激光束必须由专门的机器产生。然后它们就可以烧穿金属或者在钻石上钻一个小洞。

在导线里
走的光

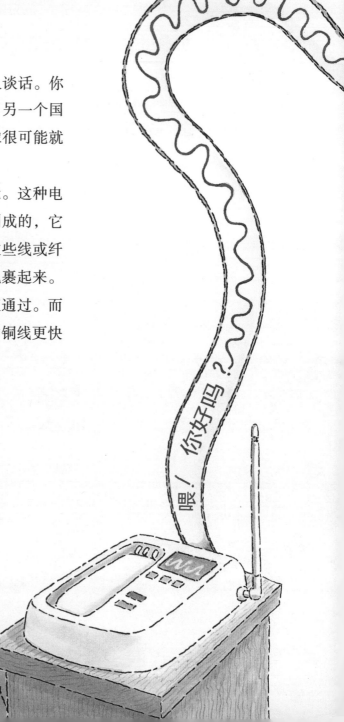

你可以在电话里跟很远的人谈话。你可以按一个开关就能看到来自另一个国家的电视剧。这些声音和图像很可能就是以光的形式来到你这里的。

　　光纤电缆使得这成为可能。这种电缆是由无色的玻璃或塑料线制成的，它们有时就像头发丝一样细。这些线或纤维合成束，被用特别的材料包裹起来。光可以在其中每一条线中高速通过。而光可以携带信息，并比传统的铜线更快更清晰地传播。

嘿！你好吗？

　　在光纤系统里打电话是这么回事。当你与朋友谈话时，电话机把声音转换成电信号。然后在光缆一端的激光把这些电信号转化成高速的闪光。在光缆的另一端，一个特殊的装置再把闪光信号转回为电信号。你朋友的电话机再把电信号转回为你的声音。

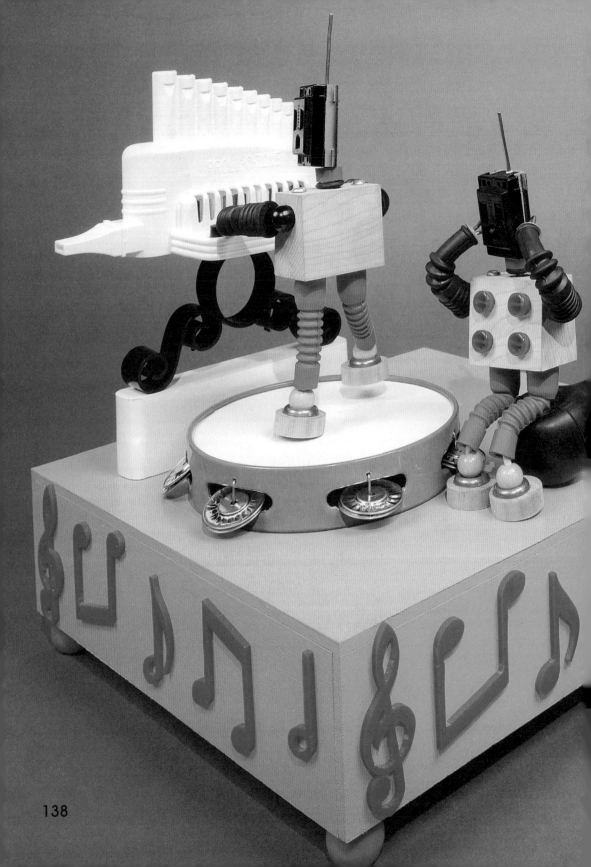

声音是
怎么回事?

声音到处都是——朋友们的谈话、收音机，还有在头上呼啸而过的飞机。即使是你的呼吸也会发出细微的声音。

你听到的所有声音，无论是高音还是低音，嘈杂还是温柔，跳动的还是滑过的，都有一个共同之处：它们都是因为某个东西的运动引起的。

什么是声音？

声音是由某种东西快速地来回运动而产生的。这种制造声音的来回运动叫做**振动**。通常，这种运动太细小使你看不到。振动在空气里传播，几乎就像波纹在水里传播一样。当振动抵达我们的耳朵时，我们就听到声音。

振动是**能量**——声能。声音是由微小的推和拉组成的。当振动停止时，声音也就停止了。在东西再次振动前你听不到任何声音。

自己看看声波是怎样在空气里传播的。

把塑料薄膜拉紧覆盖在玻璃杯的口子上。用一个橡皮筋把薄膜固定住。在薄膜上撒上一些米粒。在杯子旁边用木头勺子敲打一个烤盘。发生了什么？传播中的声波到达薄膜使得薄膜振动。这一振动使得米粒跳动起来。

一会儿你听到了，
一会儿你听不到

把耳朵靠近老式钟时你能听到它的滴答声很响亮。当你走开时，那滴答声逐渐变得越来越轻柔，直到你一点都听不到了。为什么声音会变小？

你听到的滴答声来自钟里运动的部分。这些部分的运动，即微小的推和拉，使得钟附近的空气运动。它推动空气中的**分子**一起组成声波。

　　来自钟的声波向四面八方扩散。它们通
过空气到达你的耳朵，你就听到了滴答声。

　　声波在发生的地方，也就是靠近那个振
动的钟时，最强。声波在空气中扩散的过程
中，会变得越来越弱。所以当你从钟那里走
开时，滴答的声音变轻了。

　　当声波走过整个房间时，空气已经基本
不动了。其微小的推和拉不足以让你的耳
朵分辨出来，所以你就不再能听到钟的滴
答声了。

到处跑的声音

鱼在水中悠闲地游动，似乎不发出任何声音。但它并不像你想象的那样安静。潜水员在水下可以听到大鱼摆动尾巴游开时很响亮的噼啪声。

我们日常听到的大部分声音通过空气传播。但声音也可以在液体和固体里传播。像水、木头，甚至泥土这样的东西都能够传导，也就是运载声音的振动。你如果听到过来自一个关着门的屋子里的噪音就知道这一点。声音可以穿过墙和门。

液体和固体里的分子比气体中的分子互相离得近。在有些液体和固体中，分子很有"弹性"。它们在被推动时就像橡皮筋那样弹来弹去。

这样的分子在得到声波的推动时很容易振动。然后它们使得附近的分子也振动起来。所以在有"弹性"分子的固体和液体中，声音跑得比在空气里还要快。

如果声音需要在空气中走1.5千米，那么一声巨响就需要花5秒钟才能到达你。而在水下，同样的声音只需要一秒多一点

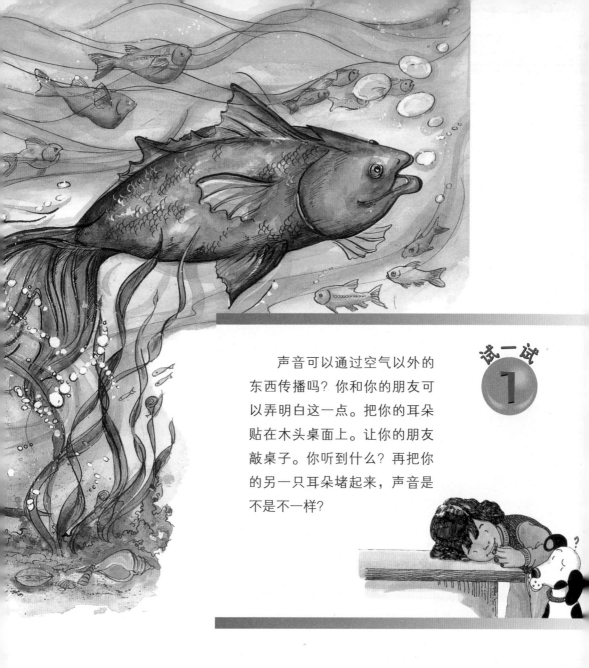

试一试

1

声音可以通过空气以外的东西传播吗？你和你的朋友可以弄明白这一点。把你的耳朵贴在木头桌面上。让你的朋友敲桌子。你听到什么？再把你的另一只耳朵堵起来，声音是不是不一样？

的时间。而在钢做的线中，声波可以在三分之一秒的时间跑过那1.5千米。这比在空气里快了几乎15倍。

试一试 3

做一个罐头盒电话

这个电话不需要用电。一根细绳就可以传你的声音。

你将需要：
- 一把锤子
- 两个罐头盒
- 三颗钉子，其中一个大两个小
- 3.5米长比较结实的绳子

怎么做：

1. 请大人用锤子和大钉子在每个罐头盒底部的中间位置打一个洞。分别从罐头盒外面把绳的一头从洞里穿到罐头盒里面。

2. 在两个绳头上分别捆上一颗小钉子。拉紧绳子使得钉子靠着罐头盒底部。你的"电话"就可以用了。

3. 把一个罐头盒交给你的朋友。你们两人分开足够距离使绳子能稍微拉紧。你对着你的电话轻轻说话，你朋友把他的罐头盒贴在耳朵上。然后你可以让你朋友说话给你听。

　　当你说话的时候，你的声音使得罐头盒底面振动。这个振动穿过钉子和拉紧的绳子。当振动到达绳子另一头时，它们使得那个盒子的底部振动，这样你的朋友就可以听到你说的话了。

　　在真的电话机里，电把声能，也就是你的声音，转化成电信号。另一端的电话又将电信号转回你的声音。

高音和低音

当你摇晃一个小铃铛时，它振动很快而发出高亢的声调。

嗡嗡，一只小蚊子飞过你的耳边。轰隆隆，一辆大型拖拉机慢慢驶过。蚊子发出的声音比拖拉机的声音刺耳很多。为什么声音会不一样？

当物体振动时，声音从它那里以波动形式发出。每一次振动，也就是每一个来回运动，发出一个声波。物体振动得越快，产生的声波就越多，声调也越高。

蚊子发高音是因为它的翅膀振动得非常快：每秒钟1000次！

拖拉机发出低沉的声音是因为它沉重

当你摇晃一个大铃铛时，它振动得慢一些而发出低沉的声调。

的金属部件振动得慢。慢的振动在每秒钟内
只发出几个声波，所以你听到低沉的响动。

运动物体
发出的声音

你注意过火车开过时它的汽笛声发生的变化吗？如果你专心听一辆经过的火车，你会注意到汽笛的声调逐渐变高，然后在车子远去时又会逐渐变低。

其实，汽笛一直是在发出同样的声音。其声调听起来在变化是因为火车在运动的缘故。

火车的汽笛声往四面八方传播。

全知道

大部分东西追不上自己发出的声音。但有些喷气式飞机可以。超音速飞机可以飞得比声音快。当它们飞得如此之快时，它们会撞上它们自己造成的空气波动。这样会形成一种叫做冲击波的巨大的空气波动。冲击波在飞机背后以漏斗形状散开。在以声音速度飞行时，冲击波会冲撞空气和地面。它们造成一种叫做**音爆**的爆炸声音。

但因为火车开过来时，每一个声波发出的地方都比前一个声波靠前面一些。这使得火车前方的声波挤在一起而使得每秒钟到达你耳朵的声波多了一些。每秒钟到达你耳朵的声波越多，声调就越高。

而在火车身后，声波被拉开了。因此当火车远去时，每秒钟到达你耳朵的声波就少了，所以声调也低了。

喂……

喂……

当你对着大山，或者在高楼之间，或者在空旷的大厅里，高喊一声"喂"时会发生什么？对了，你会听到一个回声，就像你发出的另外一个"喂"。

声音在光滑和坚硬的表面上会像皮球在墙壁上一样反弹。你那个"喂"的回音是**反射**的声音，也就是弹回你这里的声音。

为什么你不是总能听到回音？这取决于声音在反弹前需要走多远。在小屋子里，你发出的声音不需要走多远就会反弹。它回来得如此之快以至于与你说话的声音重合。

喂……

但在大房子里，声音在反弹前要走一段路。当它回来时，你已经说完话了。所以你再次听到自己的声音。

你可以一次又一次地听到这个声音！比如说，如果你在两栋高楼之间喊叫，声音在两堵墙之间弹来弹去。这时候，声音不止一次反弹回你所在的地方。你从每一个反弹的声音里听到"喂……喂……喂……"。当反弹变得越来越弱时，声音消失了，回声也就停止了。

让声音反弹

声波会在像墙、地面或天花板这样坚硬的表面上反弹。这里有个办法通过让声波在拐角反弹来证明这一点。

你将需要：

- 两个同样大小的硬纸筒
- 胶带
- 一条毯子
- 一个钟、表或其他滴答响的计时工具
- 一块硬纸板

怎么做：

1. 把两个纸筒用胶带固定在一起形成一个拐角。

2. 把折起来的毯子放在一个纸筒的开口处。把表放在毯子上。

3. 把耳朵贴在另一个纸筒的开口处。你能听到表的滴答声吗？不能？换一头试试。

4. 把硬纸板竖起来立在两个纸筒的连接处。然后再把耳朵放在第二个纸筒的开口处。这时候怎么样？现在你能听到滴答声了。你知道为什么吗？

表发出的滴答声的声波顺着第一个纸筒传播。但当两个纸筒连接处是空着的时候，声波就从开口处跑散了。它们不可能进到第二个纸筒里。当你把硬纸板放在连接处时，声波在硬纸板上反弹便进入了第二个纸筒。第二个纸筒又把声音传到你的耳朵里，你就听到表的滴答声了。这样你就可以让声音拐个弯了。

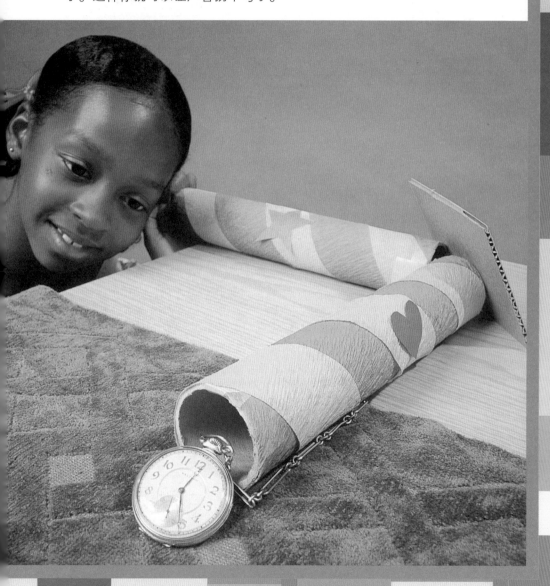

测量声音

振动的弦赋予这个竖琴特有的声音。

声音可以或高或低，也可以响亮或轻柔。什么使得声音响亮或轻柔呢？

声音是运动中物体引起的振动，也就是来来回回的运动。强烈的振动发出强声。当物体动得厉害的时候，振动就会强烈。

你可以拉直一根橡皮筋，然后用指头拨动它来制造声音。如果你使劲拨，橡皮筋的来回运动幅度会比较大。运动幅度越大，声音越响。如果你轻轻地拨动，其来回运动幅度会小，声音也轻。

科学家用一种叫做分贝的单位来测量声音的大小。分贝为零的是一个具有正常听力的人所能听到的最轻的声音。140分贝的声音可以损伤你的耳朵。

吉他等乐器上的弦在静止时是无声的。但当乐手拨动时，它就会振动而发出声音。

科学家用来测量声音的基本单位是贝尔。贝尔是以发明电话的亚历山大·格雷厄姆·贝尔的名字命名的。我们通常用来测量声音的单位是分贝。分是"十分之一"的意思。所以，分贝是贝尔的十分之一。

嘘！

晃晃荡荡的卡车，呼啸的喷气式飞机，刺耳的粉笔和吱呀的门不是音乐。它们制造令我们烦躁的声音，我们不愿意听到的声音。这些不受欢迎的声音叫做噪音。

噪音很难杜绝。像其他声音一样，噪音

通过空气传播并且能穿过墙等固体。

但有些材料可以吸收噪音。它们把噪音吸进去不让它继续前进。在房子里，地毯和窗帘吸收声音。这些材料里的软线和细小的空气泡可以捕捉振动。特制的天花板块也能捕捉声波的振动。这种板块充满了细小的窟窿，就像一块海绵。当声波抵达这种板块时，它们在窟窿里弹来弹去以至于越来越弱，最终消失。

人们开飞机和使用其他重型机械时戴着专门的头盔和耳塞来捂住他们的耳朵。里面的吸声材料可以挡住绝大部分噪音以防干扰和伤害耳朵。

有一个专门的科学分支研究声音对人的影响。这门科学叫做声学。声学帮助人们设计影剧院使音乐听起来更加美妙。它也帮助人们找到控制有害噪音的办法。科学家用声学研究声音的原理和如何制作声音。

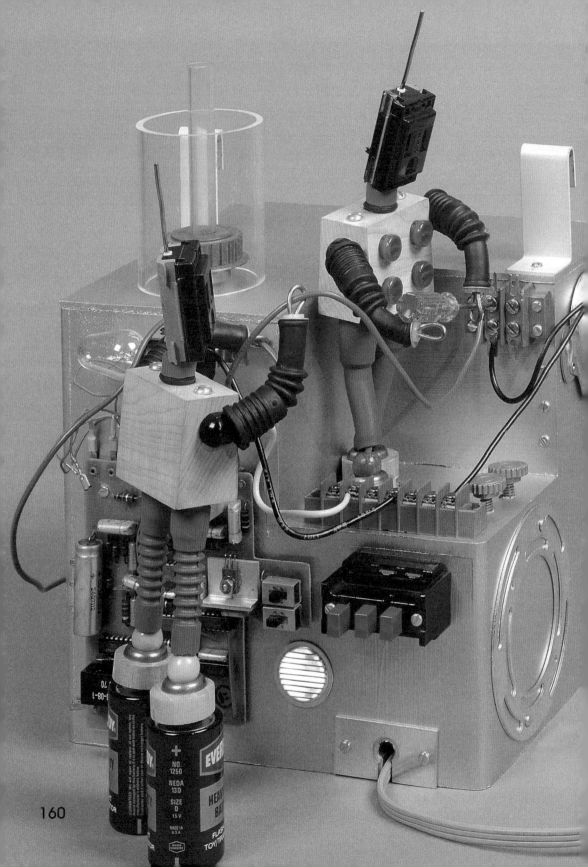

电是
怎么回事?

当你打开电灯,按门铃,或者插上烤面包炉子的插头时,你引起了一场游行。但你看不到这场游行!这是一种叫做电子的细小能量的游行。在每根电线里面都有数百万个电子。当你按下按钮或打开开关时,它们就沿着电线运动。它们提供这些电器工作的推动力。运动中的电子的能量叫做电。电使得电灯、门铃和烤面包炉工作。

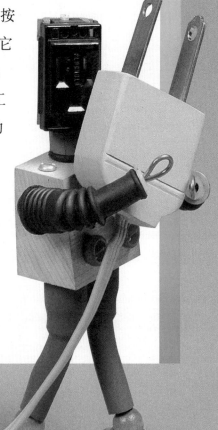

161

火花飞扬

你脱衣服的时候有没有见过火花飞扬？或者在碰到门把手的时候觉得被什么东西响亮地打了一下？这些情况发生的原因是你的身子一直在积累**电**。

这种火花和击打由**静电**引起，静电是在一个地方堆积起来的电子。在干燥的冷天，你在各种东西上把**电子**蹭下来。当你走过一个地毯，或者你的衣服与你的身体摩擦时，蹭下来的电子会黏附在你身上。

这些电子不能流过你的身体。但它们可以从你身上跳到其他没有多少电子的东西上去。所以，当你触碰一个门把手或者脱外衣时，就正是在发生这样的事。你听到跳跃过程中的电子的声音，而有时候你也会感觉得到它们！

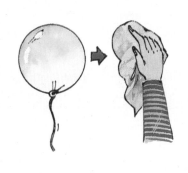

自己制作一个有黏性的气球来看看电子的拉力。吹起一个气球并拴上一根细绳。用一块棉布摩擦气球。然后用气球碰一下棉布，再放开气球的绳子。当你用棉布摩擦气球时，它从棉布那里得到电子。这样气球上的电子比棉布上多。当你把气球挨近棉布时，气球上堆积的电子开始往棉布上迁移。它们拉得如此之紧，气球会粘在棉布上。这就是静电！

试一试 1

线里的推动

喀嚓，当你打开一个电灯时，电灯泡亮了。当你打开收音机时，声音出来了。但电并没有跳进灯泡或者收音机里。它在电线里流动。

电灯和收音机靠**电流**工作。电流沿着由电线布成的道路行进。

电线的中心是由像铜那样的金属制成的。金属有许多可以自由行动的电子。所以电子可以沿着金属运动。电线的外层是橡胶或塑料。橡胶和塑料中的电子被它们的**原子**紧紧抓住，它们没法从一个原子跑到另一个原子上去。当电流打开时，电线里的金属部分**导电**，或者说运载着电。电子沿着电线从一个原子到另一个原子行进。但塑料或橡胶的外层不导电。它**绝缘**，或者说封闭住电线。它使得电子沿着电线到达你的电灯或收音机，然后回来。

电线的内部是金属做的。外面是橡胶或塑料。

165

亮了!

当你打开电灯时，电使灯泡亮起来。这是怎么实现的呢？

电通过电线流进灯泡。它在灯泡里走过一段电线，然后就离开灯泡。灯泡里的电线的一部分是灯丝，那是一段非常细的扭曲的线。灯丝很细，电子需要使劲推才能通过。

电子的推力使得灯丝中的分子运动加

电通过灯泡里的细线使得灯泡发光。

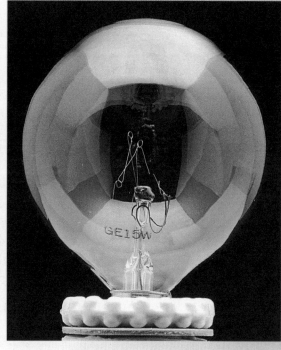

当灯泡里的线断了时，电停止流动。灯泡烧坏了。

快。当分子速度变快时，它们变得非常热，使得电子需要释放能量。这样灯丝就亮了。

灯泡里的灯丝是用一种叫钨的金属制作的。钨线可以变得很热也不会燃烧或熔化。但当钨被加热时，其分子会缓慢地转化成气态而离开灯丝。所以当灯泡发亮时，灯丝会变得越来越细。

在使用一段时间后，灯丝会断。灯泡就"烧坏"了。电不能通过断掉的灯丝。这时你需要换上一个新的灯泡，电流又有一条可以沿着走的路径。灯又亮了。

著名的美国发明家托马斯·爱迪生在1879年制造了第一个电灯泡。

你用电来熨衣服或烤面包时，两件事发生了。电在电线里使劲推，而电线试图阻拦它，也往回推！

电使得电熨斗和面包炉变热。电沿着电线组成的路径在这些机器里流进流出。这些路径的大部分很容易导电，所以电子们自由地通行。

但在电熨斗和面包炉中，路径的一部分是用不同的电线做成的。这种电线使用一种特殊的金属使得电子不那么容易通过。这样的线经常是非常细的，或者绕成很长很紧的线圈。它们不容易导电，相反地，这部分路径**阻碍**电流。电子必须推得非常吃力才能通过这段电线。

电子的推力使得电线里的分子速度加快并互相碰撞。它们互相碰撞和推搡得越猛，电线就越热。在几分钟内，碰撞和推搡使得电线很热。产生的热就可以熨衣服或烤面包了。

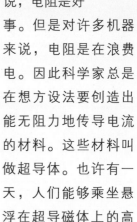

对电熨斗和烤面包机来说，电阻是好事。但是对许多机器来说，电阻是在浪费电。因此科学家总是在想方设法要创造出能无阻力地传导电流的材料。这些材料叫做超导体。也许有一天，人们能够乘坐悬浮在超导磁体上的高速列车上旅行。这些列车的试验模型已经能达到每小时超过400千米的速度。

充电！

电流是电线里的推动力——来自运动电子的推动。但是什么使电子开始在电线里推动的呢？电流是从哪里来的？

电流是从叫做发电厂或发电站的"电工厂"里制造的。制造电的特殊机器叫做**发电机**。

发电机用一个巨大的旋转磁铁使电子运动。旋转磁铁的吸引力足以使电子开始推动电线。

这个磁铁四周围绕着一个巨型线圈，上面有绕得很紧的电线。当磁铁旋转时，它拉动几百万电子开始推动！这个推动在线圈里产生一个很强的电流。电流再沿着其他的电线从发电厂送到你家里。

发电机制造电能。但发电机也使用能量。流动的水、燃烧的燃料，或者核能推动发动机或者其他机器，使那个巨大的磁铁旋转。所以发电机只是一个转化能量的机器。它把其他形式的能量转化成电能——你能利用的能量。

推动的开始和停止

你希望你的电子钟能日夜不停地走动。但你不希望你的门铃响个不停。像门铃、电灯、收音机这些东西只在你打开它们时才工作。

用电的大部分东西都有一个开关。开关用来打开和关闭电流。电流沿着电线流动，穿过开关到达门铃、电灯或收音机内部的电线。开关就像在电流动的途径上的一座"桥"。

当你拧动开关时，里面的一块金属

片随之转动。当你打开开关时，金属片接触到两边的电线。"桥"通了。来到开关的电可以通过"桥"而继续前进。

当你关上开关时，金属片离开电线。"桥"断了。电流在没有"桥"的情形下无法穿过开关继续前进。所以电流便停止了，而机器也就不工作了，直到你再把开关打开，把"桥"架通。

打包的电

电筒也用电，但你不需要插上电源。它自己带着一个"打包"的电源，也就是电池。

电池是由一个金属外壳和里面许多层化学物组成的。当电筒打开时，电池里面的一些化学物分解并腐蚀金属外壳。这样，有一些金属原子会离开外壳与里面的化学物结合。

金属原子离开外壳时会留下一些它们的电子。这样外壳电子会增多。而内部的化学物分解时也会丢失电子。

很快，外壳的电子会多于电池内部。外壳的电子便开始离开电池，它们流过灯泡而回到缺乏电子的电池内部。这些电子的流动就是点亮电筒的电流。

听起来这些事会发生得很慢，但实际上就像你已经知道的，这只是一瞬间的事情。

电子从电池流到灯泡点亮电筒。

电池的结构

金属外壳

纸或塑料外套

一层层的化学物

174

可开可关的磁铁

电可以发光和发热。它也可以制造磁铁。但这是一种你可以打开和关闭的磁铁。

用电做的磁铁叫做**电磁铁**。电磁铁有两部分。一个是铁做的固体的中间部分，也叫内核。另一个部分是外层缠绕着内核一圈又一圈的电线。当电流流过缠绕着的电线时，内核的铁变成磁铁。铁从电线里流动的电子那里获得吸引力，也就是磁力。一旦电流被关掉，电磁铁就失去磁性。

电磁铁可以用来制作电动机。电动机有两套这样的电磁铁：一套在外层是固定的，另一套在中间是可以转动的。中间那套电磁铁固定在一根轴（可以旋转的棍子）上。当电动机打开时，两套电磁铁互相推拉，使得中间的电磁铁动起来转动轴。转动轴的动力可带动其他机器运转。

一个强有力的电磁铁可以提起金属。

电信号

电线里来来去去的电能做许多工作。它除了可以点亮电灯和运转机器，电还有一个重要的用途，它可以传递信息。正是因为电具有传递信息的能力，我们现在才有了微型的收音机、袖珍计算器和游戏机，以及计算机。

用电来传递电信号的技术叫做电子学。电信号可能是声音、图片、数字、信件、程序或其他信息。一个电子器件有着许多细小的叫做**电路**的电子通道。每个电路有它特有

下图的电路板是由许多电路组成的。每个电路都有自己的工作任务。

的任务。有些电路储存信号，有些改变信号。例如，在电子计算器里，一个电路可能会把两个数加起来。当答案出来时，另一个电路会送出一个信号让显示屏幕亮出答案。

今天的大多数电子器件中的电路都是刻印在比我们指甲还小的晶片上的。

控制盒

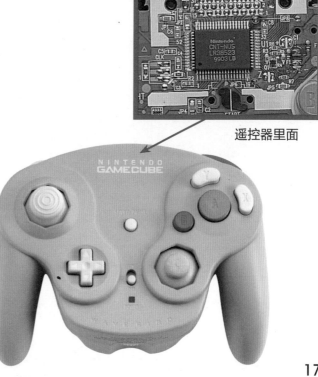

遥控器里面

在游戏机的遥控器里面有许多电路。当人按下开关时，这些电路把信号传给控制盒和屏幕。

遥控器

177

科学在工作

现在，就在你读这本书的时候，世界各地的科学家正在努力工作。有些在研究原子和分子。有些在化学、液体、热、光、运动，或者声音上做出新的发现。事实上，你在这本书里学到的每一样东西都是科学家研究过的。

你在这本书里读到的科学叫做物理科学。物理科学家研究的是世界上和宇宙中的东西是如何工作的。他们研究所有没有生命的物体，从微小的原子到恒星和行星。

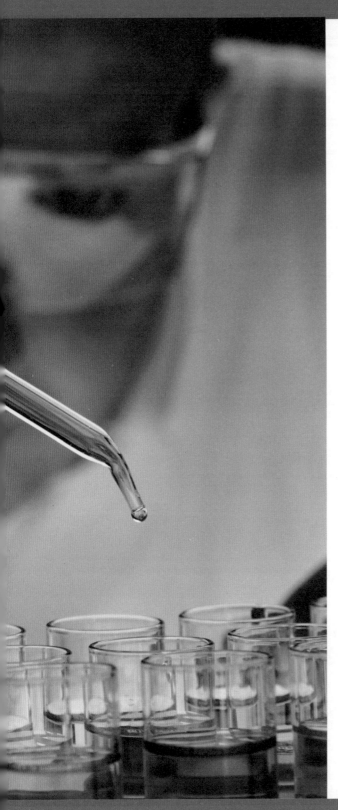

化学家。物理科学的一种是化学。化学研究的是化学物质和其他材料，发掘出它们是由什么组成的。他们研究这些物体在接触其他物品时如何改变。化学家把分子拆开又用不同的方式结合起来。他们试图发现怎样用化学材料制作人们需要的东西，比如燃料、药品、塑料，以及成千上万的各种材料。有些化学家还研究光、热和其他形式的能量是如何改变化学性质的。

化学家研究化学物品和
其他材料，发现它们的
组成以及它们的用途。

物理学家。物理是物理科学的另一种。研究物理的科学家称做物理学家。物理学家研究物质，即构成宇宙中所有物体的组成部分。他们也研究能量的各种形式，如热、光、声及电。原子物理学家研究原子和原子的组成部分。原子物理学家的研究成果导致了新的武器的发明和产生能量的新办法。

这位物理学家在用数学求解一个物理问题。

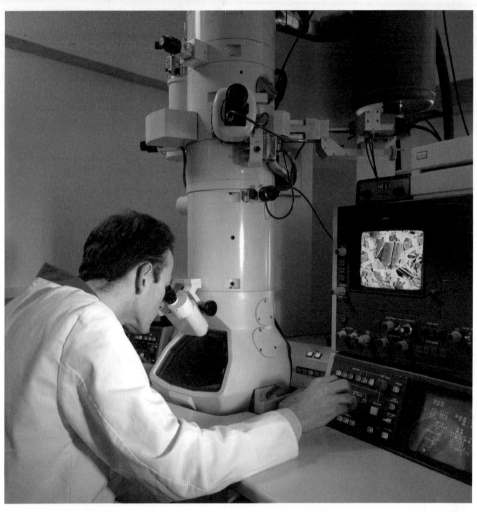

科学研究者。化学家、物理学家及其他从事新发现工作的科学家都被称为科学研究者。他们在学校里花很长的时间学习他们的专业。当他们完成学业后，很多科学研究者在商业公司工作。有些则在他们国家的政府部门工作。还有的在大学里工作。你愿意研究物质是怎么回事吗？你愿意先用猜想来解释某件事情然后做实验，或验证，来看看你是否正确吗？你是否喜欢告诉别人你自己的主意和发现？如果是的话，你可能会成为一个科学研究者！

科学研究者在实验室做测验食物的实验。

词汇表

这里是你在这本书里读到的一些词汇。它们中的许多可能对你来说是生词。但今后你可能还会再看到它们，因此是值得学会的词汇。在每个词条下面有对该词的简单解释。

B

白光

白光是包含有各种颜色的光。

C

齿轮

齿轮是带有牙齿可以让别的轮子转动的轮子。

D

导电

导电是容许电流通过。

电

电是一种能量。

电磁铁

电磁铁是用电产生的磁铁。

电流

电流是电在电线里流过。

电路

电路是电信号沿着行进的路线。

电子

电子是原子里绕着原子的中心或核转圈的小微粒。

F

发电机

发电机是产生电的机器。

反射

反射是在某种表面上把射来的光送回去。

分子

分子是一组结合在一起的原子。分子是化合物可以分开而不失去物体本来性质的最小单位。

G

杠杆

杠杆是一种用来移动重物的机器。它使得即使是东西很大很重的时候移动起来比较容易。

固体

固体是具有自己形状的一种物质状态。

惯性

惯性指的是物体静止时保持静止，运动时保持运动的特性。

光纤电缆

光纤电缆是用特殊材料包裹的很细的玻璃或塑料纤维组成的线束。它们可以以光的形式传输电信号。

光子

光子是光能的小微粒。

H

核能

核能是当某种原子分裂时释放出的能量。

红外

红外光是一种光线。它不可见但可以加热东西。

化合物

化合物是由两种或两种以上的原子结合而成的物质。

滑轮

滑轮是一种有绳索挂在上面的特殊的轮和轴。滑轮用来吊起或拉动东西。

化学能

化学能是储存于燃料中的能量。

J

激光

激光是一种由机器产生的强大的特殊光线。

静电

静电是由许多电子堆积在一起时产生的电。

绝缘

绝缘是用某种物质隔绝热、声音，或电。

L

棱镜

棱镜是一种可以把白光分解成像彩虹一样的一系列颜色——紫、蓝、绿、黄、橙、红——的玻璃。

M

摩擦

摩擦是把一样东西在另一样东西上磨动。摩擦使得东西运动得越来越慢，直至停止。

N

能量

能量是可以使东西运动或工作的能力。

凝结

凝结是从气态转化为液态。

P

平衡态

一个处于平衡态的物体是平衡的。在没有东西推动的情况下自己不会活动或翻倒。

Q

气体

气体是可以膨胀而充满任何容器的东西。我们呼吸的空气是由几种不同的气体组成的。

R

燃料

燃料是可以通过燃烧生成热、光，或推动物体的力的材料。

T

太阳能

太阳能是来自太阳的能量。

透镜

透镜是可以使光弯曲而让东西看起来变大或变小的弯曲玻璃或塑料。

W

物理

物理是研究自然界无生命的物体如何工作和运动的科学。

X

吸收

吸收就是吸取进去的意思。

楔子

楔子是一种带有锐利边缘可以容易地切或挤进东西的机器。

斜面

斜面是一个斜着的平面。

Y

液体

液体是物体可以流向四面八方的一种状态。它总是呈现容器的形状。

音爆

音爆是在物体超音速运动时产生的巨大爆炸声。

永动机

永动机是永远不会停的运动装置。

元素

元素是只由一种原子组成的物质。

原子

原子是物质组成的最小的粒子或微粒之一。大部分材料都是由许多不同种的原子构成的。但化学元素是由一种原子组成的。

Z

蒸发

蒸发是变成气态的过程。

蒸汽

蒸汽是处于热气态的水。

振动

振动是一种高速的来回运动。

支点

支点是杠杆的支撑点。它通常处于负重和力之间。

重力

重力是一种把所有东西都往地球中心拉的力。

轴

轴是轮子绕着转的棍子。

紫外

紫外光是导致晒伤的看不见的光。

阻碍

阻碍是对一个力的对抗。